EMILIEN TAURIAC

La Course au Gouffre

SATIRES

La Course au Gouffre

EMILIEN TAURIAC

La Course au Gouffre

SATIRES

COPYRIGHT BY
FÉRET & FILS, Libraires-Editeurs
9, Rue de Grassi, BORDEAUX
1927

Ouvrages du même auteur :

Le Catéchisme du Peuple.

La Chanson des Vaincus.

En Préparation :

Nouveaux Chants des Vaincus.

Spartacus moderne.

Epigraphe

Il faut, afin d'aimer les hommes,
Ne pas les voir ainsi qu'ils sont,
Ne pas totaliser les sommes
De laideurs, de vices qu'ils ont,
Mais être beau de tolérance
Et, puisqu'ils ont peu de vertus,
Leur en prêter quelque apparence,
Bien que ce soit à fonds perdus.

La Décadence des Peuples

La décadence est le cortège
Des peuples, enterrant leurs dieux.
Que ta foi dans nous te protège
Du scepticisme insidieux,

Dont l'ironie est sacrilège,
O France, à l'esprit radieux!
Et, conservant ton privilège
Des chants clairs et mélodieux,

Sois forte : Oppose un fier sourire
A qui, pensant mal, croit bien dire
Et se voue au culte insensé

De l'anarchie avilissante.
Ainsi, tu resteras puissante,
Etant fidèle à ton passé.

Appel aux Poètes

Poètes, éternels vaincus des Béoties,
Entendez-vous le glas des aristocraties?
L'Archontat des Aliborons,
Niveleurs par l'orgueil déchaînés sur le Monde,
Est la beauté sur quoi notre avenir se fonde :
Constatons, Amis, et pleurons!

Mais, nous ressaisissant, sur le parvis du temple
De l'Idéal sublime, osons prêcher d'exemple.
Parlant clair à l'humanité,
Dont le goût se déprave et nous est une injure,
Ayons l'amer courage, affrontant son murmure,
De lui crier sa vanité.

Le culte est instauré des folles jouissances :
Les argents mal acquis sont de tristes puissances,
Devant qui nous devons trembler :
Leurs possesseurs déments pouvant tout se permettre,
Quels seront les écarts de leur instinct, vil maître,
Qui les fait aux loups ressembler?

Nous assistons navrés au naufrage des Ames.
Grâce à vos errements, blasphémateurs infâmes,
Bientôt, les ponts étant coupés,
Nul n'embarquera plus pour la cité du Rêve.
Englué, l'oiseau bleu, piteusement il crève,
Parmi nos espoirs achoppés!

Mais, du gouffre attendant les aristocraties,
Une voix a crié : — Bravant leurs inepties,
Chantez, Poètes, en tout lieu :
L'humanité poursuit sa marche évolutive,
Et, dans son désarroi, n'a d'autre alternative
Que son recul fatal — ou Dieu!

Au Soldat, Mort inconnu dont s'honore l'Arc de Triomphe

Témoin de la Folie universelle et vaine,
Dont l'écrin sépulcral
Dit l'arrêt infamant de l'ascendance humaine
Vers le progrès moral,

Qui fus-tu? Quelle Mère allaita ton enfance
Et t'appelle? En quel lieu
La quittas-tu, du sol dont tu pris la défense,
N'osant lui dire adieu?

Ton noble anonymat rendant obligatoire
L'hymne au poète ami,
Je te chanterai donc, ô toi, que la Victoire
Ne fêta qu'endormi!

Déplorant ta jeunesse, à ses amours volées
Par le Monstre éternel
Qui, chez tous, excitant la discorde affolée,
Vit de sang fraternel,

Je dirai la beauté de ton âme invincible,
Qui résista quatre ans
Au plus féroce, au plus tristement indicible
Des combats de Titans.

T'exaltant, célébrant ta bravoure, ô vélite!
Tes hauts faits captivants,
Il m'est bon de penser que tu fus de l'élite
Des enterrés vivants.

Des soldats surhumains de Champagne et d'Alsace,
De Reims et de Verdun,
Qui, portant leur mépris du danger pour cuirasse,
Maîtrisèrent le Hun.

Que tu fus des assauts, vrais tournois du courage,
Dont maint essai fut fol,
L'ennemi, bien armé, défendant avec rage
Ses nids dans notre sol.

Que tu fus de partout où la valeur française
Brava les durs hivers,
Le Poilu légendaire, arc-bouté dans la glaise,
Etonnant l'Univers.

— Va, t'encourageais-tu, nostalgique, à son heure,
Viendra ton dernier jour :
Dans un tel cataclysme, il faut que chacun meure,
Mais chacun à son tour!

Un soir, tu t'effondras, fracassé comme un arbre
Qu'un obus frappe et tord :
La Gloire est un palais de porphyre et de marbre,
Où tu n'entras que mort.

Maintenant, de la France honoré, tu reposes
Sous l'Arc essentiel,
Bercé par les discours, vaines apothéoses,
Du monde officiel.

Sous cet Arc qu'inspira la glorieuse flamme
D'un immortel soleil :
Austerlitz et la Marne ont confondu leur âme,
Tout est toujours pareil!

O vanité des mots, que le vent dissémine
Pour l'orgueil des vivants,
Devant ces monuments fastueux de famine
Et de deuils émouvants!

Dors ton sommeil, figé dans l'horreur des massacres,
Des flots de sang épais,
Attendant l'âge humain, qui fêtera les sacres
De Justice et de Paix

Où les Peuples diront à leurs Kaisers féroces,
Froidement résolus :
« Vos ultimes raisons de régner sont atroces,
Nous ne nous battrons plus!

Plus jamais! La Patrie, alme et chère, en marâtre
Immolant ses enfants,
Et les divinisant pour sa gloire, idolâtre
Des retours triomphants,

C'est l'idéal hideux des tyrans rétrogrades,
S'inspirant d'un milieu
Qui prend sur les charniers des croix pour ses parades,
Bien qu'osant prêcher Dieu!

Dieu! Soit la floraison de l'âme universelle,
Portant ce fruit vermeil :
La solidarité, dont l'espoir étincelle
Comme un nouveau soleil! »

Dors, Soldat inconnu, faisant ce songe étrange :
Que les morts parleront,
Les millions de morts de la sainte phalange
Dispersés sur le front.

Ils diront le terrible et long réquisitoire
Des hommes décimés,
Tous ces morts, devenus les remords de l'histoire
Et par elle animés.

Ah! qu'ils surgissent donc, traînant aux gémonies
Nos dieux de vanité :
Les vils Aurivoriens et leurs mauvais génies,
Tueurs d'humanité!

Dors! Au nom des Amis, inhumés par les armes,
Disparus de là-bas,
Grise-toi des parfums, jouis de tous les charmes
Des bouquets qu'ils n'ont pas.

Sois bénévole aux chants de la palinodie.
Les fous, groupés en chœurs,
Venant jusqu'à ton seuil jouer la comédie,
Le drame est dans les cœurs.

Cœurs de vieillards dolents, qui pullulent en France,
Dont l'amer réconfort
Est de gémir sur toi, dans leur désespérance,
T'adoptant pour leur mort.

Cœurs de mères en deuil, que la douleur affole,
Pleurant leurs fils perdus,
Et, nouvelles Rachel, que nul trait ne console,
Parce qu'ils ne sont plus!

O Soldat, mort sans nom, dont la tombe est un temple
Aux martyrs de l'erreur,
A jamais, puisses-tu commémorer l'exemple
De notre ultime horreur!

Paroles de Combattant

Mes vers sifflant comme une balle
De mitrailleuse ou de lebel,
J'en veux cingler le cannibale
Osant se poser en Abel,
En souffre-douleurs du vil frère,
L'ex-Poilu, qui, sans déroger
Aux devoirs sacrés qu'il révère,
Croit avoir le droit de manger :
Vainement, tu te dissimules
Sous un anonymat légal,
Affameur, aux nombreux émules
Pour qui le crime est un régal,
Un besoin de brute allouvie,
Egorgeant pour le seul plaisir
D'égorger, limitant sa vie
A l'infini de son désir,
Je t'atteindrai, fusses-tu riche
A solder les frais du canon
Qui dévasta bois, guérets, friche
Et Français, pour l'honneur du nom :

2

Cœurs échappés à la souffrance,
Morts saints, incorporés au sol
Afin que régnât sur la France
L'odieux pratiquant du vol,
Que pensez-vous du long martyre,
A vous imposé pour l'orgueil
Du monstre, objet de ma satire,
Soldats, qui dormez sans cercueil?
— Allez, enfants de la Patrie,
Nous vous suivons tous, en esprit,
Entrez dans notre idolâtrie,
L'immortalité vous inscrit! —
Chantaient-ils, la voix doucereuse,
Quand le Vautour planait sur nous.
Nous avons eu la paix heureuse
Qui nous fait ramper à genoux
Devant la suffisance ingrate
Du parjure, aux mielleux serments,
Dont la guerre a fait un pirate,
Cependant que...
Rongeurs déments,
C'est pour le Droit de tout le monde
Que nous avons lutté, vaincu,
Nous abreuvant de la même onde
Dont tant des nôtres ont vécu :

Pour nous, la Patrie est la Mère
Qui doit à ses fils pareils soins.
Pour vous, son autel éphémère
Ne luit que selon vos besoins?
C'est fort bien. Nous en prenons acte.
Et si jamais, dorénavant,
Nous défendons sa gloire intacte,
Nous vous ferons marcher devant!

Invocation

Le métier d'honnête homme est un métier fini,
Depuis l'avènement de la Fortune aveugle,
Aux pieds dorés de qui le voleur impuni
Improvise un péan de vanité, qu'il beugle.

Se jugeant amoindri par l'orgueil des vainqueurs,
Pauper a déchaîné la brute inassouvie,
Qui dort, un œil ouvert, au tréfonds de nos cœurs,
Et marche à la curée, entraîné par l'envie.

— Pourquoi toujours au grand de jouir, non à moi?
Se dit-il, indigné des mœurs du mauvais riche.
Et le monde évolue en complet désarroi
Dans sa caverne immense, où meurt l'esprit en friche.

Seigneur, inspirez-moi les chants de vérité
Qui, dans leur isoloir menacé de la flamme,
Emouvant les puissants par leur sincérité,
Rappelleront à tous que nous avons une âme.

La Chanson du Bon Semeur

Semons! Le froment d'amour
Dégénérant en ivraie,
Verrons-nous briller ton jour,
O Solidarité vraie?

Semons! Le bon grain mental
Ne fleurissant que révolte,
Le désastre est-il fatal
Qui détruira la récolte?

N'importe, il nous faut semer,
Préparant l'âge où les hommes
Se résoudront à s'aimer :
De labeurs fous quelles sommes!

Puisse le bon grain germer!

La Course à l'Absurde

La vie est un handicap
Où chacun, selon sa forme,
Prend sa course et met le cap
Sur l'Absurde, idole énorme :
L'un, servant du faux-dieu l'Or,
Court sans voir les cœurs qu'il foule,
Thésaurise et court encor,
Et son temps ainsi s'écoule.
L'autre, évoluant au vent
D'un orgueil immensurable,
Bâtit sur ce sol mouvant :
La candeur du misérable.
D'aucuns, dans la volupté
Vont brûler leur énergie,
Sombrant dans l'obscénité,
La cervelle en léthargie.
Certains, amants forcenés
Du jeu, dont ils sont victimes,
Par tous les leurs sont damnés,
Comptant le pain par centimes.

Beaucoup, de l'alcool fervents,
Qui de raison les spolie,
Dans l'art de souffrir savants,
Font leur cour à la folie.
A la folie imposant
Sa volonté souveraine
A leur instinct malfaisant,
Qui les guide et qu'elle entraîne :
Courez, suivant vos jalons,
Mais ne tournez pas la tête,
La mort est sur vos talons,
Dont c'est tous les jours la fête.
Courez, dis-je, elle vous suit,
Préparant son poing féroce
A vous coucher dans la nuit,
Nuit où le remords atroce
D'avoir tant et tant couru
Vers l'Absurde, Idole infâme,
Chacun de son Moi féru,
Sans fin, courra dans votre âme!

O Progrès !

Le rhéteur superficiel,
— Seigneur, vous en savez le nombre? —
Est au poète essentiel :
Il médite à l'aise en son ombre.

Le Cap Nord est-il survolé?
Aussitôt, en verve, il épaule :
Pan! L'avenir est constellé :
L'homme-autour a conquis le pôle!

Atteignît-il Aldébaran,
Sans brûler son aile à sa flamme,
La morale ira son trantran
Tant qu'il trônera dans son âme.

Esprit d'orgueil, moderne Atlas,
Il faudrait une fois s'entendre :
En progrès mécanique, hélas!
Nous n'avons plus rien à prétendre.

La guerre en témoignait, hier :
Avion, tank et mitrailleuse.
Chacun de tous doit être fier,
Notre ascendance est merveilleuse.

Mais le progrès moral, au fait,
A-t-il maté la brute humaine,
Fait-elle au mieux ce qu'elle fait?
O noble emploi de ma semaine :

Le célébrer vainqueur, enfin!
Du grand parleur qui le blasphème,
Jetant ses discours à la faim,
L'homme s'étant conquis lui-même.

Notre Science

Notre science évoque une enfant occupée
A l'examen cruel et vain de sa poupée :
L'étrange expression de ses grands et beaux yeux,
Son rose et blanc visage, aux traits malicieux,

Que semble illuminer un éternel sourire,
Et son air de comprendre, impossible à décrire,
De quel astre inconnu sont-ils les purs rayons,
Que peuvent-ils céler de surhumain? Voyons.

Elle sait, maintenant, ô douleur! Elle est sûre
Que cet ange était fait d'étoupe et de sciure.
Alors, navrée, au fond, d'avoir vu le néant

De sa chimère, enfuie à jamais, elle songe
Que douce était sa foi, même étant un mensonge,
Et pleure son dieu mort dans son cœur mécréant.

Si nous voulions vouloir

Si notre âme en jachère, où croît tout mauvais grain
Producteur d'égoïsme et de féroce envie,
Etait l'enclos, que chacun bèche avec entrain,
Le parfum de ses fleurs embaumerait la vie.

La bonté germerait en nous, divin froment,
Semé dans un guéret que le soleil féconde.
Et l'homme étant pour l'homme un ami bien-aimant,
Le boulanger cuirait son pain pour tout le monde.

Si la raison lucide était un raisin mûr,
Par Bacchus, nous ferions de royales vendanges,
Et Pauper, de sa part d'ambroisie étant sûr,
Dans ses rêves de nuit verrait voler des anges.

Hélas! nous sommes tous infestés de chardon.
Et sa profusion est mortelle aux épeautres.
Alors, cœurs acablés, demandons-nous pardon :
Le mal nous est rendu que nous faisons aux autres.

Hymne à la Pauvreté

Je veux t'édifier un temple, ô Pauvreté!
Un temple austère et simple où, devant la beauté
De ta rude et sévère image,
Tous ceux qui sont restés fidèles à ta loi,
Et dont n'ont défailli ni l'ardeur, ni la foi,
Viendront t'apporter leur hommage.

Ta loi, c'est le Travail, seul moralisateur
Puissamment efficace et seul dispensateur
De tout plaisir, de tout bien-être,
A qui nous redevons l'esprit, qui nous fait nous,
Et que je veux chanter, exalter à genoux,
Vrai dieu, dont tout sage est un prêtre.

Docile exécuteur de ton dit magistral,
Jadis, il nous tira de l'abîme ancestral
Où, sous un ciel en déshérence,
L'homme, en proie à l'instinct, tyran de l'animal,
Ignorant tout du Bien, inconscient du Mal,
Vagabondait sans espérance.

C'est lui qui, libérant le *Nous* audacieux
De ses liens charnels, pour qu'il volât aux cieux
Donna l'essor à sa pensée.
C'est lui qui fit rêver le Poète, enfançon
Exprimant les désirs de son âme en chanson,
Ses doutes, en ode insensée.

Oh! lorsqu'en méditant je refais le chemin,
A pas lent, parcouru par le progrès humain,
Sous ton implacable contrainte,
Je me sens envahi par un divin émoi,
Et, de mon cœur, un hymne ardent monte vers toi,
Labeur, fils de Pauvreté sainte!

Quel bond prodigieux de l'antre au Parthénon,
Du rudiment obscur de notre aïeul sans nom,
Au Connais-toi du grand Socrate!
Quel océan moral, de la brute à Jésus,
Et des sens assouvis, premiers cieux aperçus,
Au bleu paradis de l'Euphrate!

Cependant, le bien-être ayant figé son cœur
Dans les débordements de Capoue, au vainqueur
De tout temps à jamais néfaste,

Ton débiteur frivole, impudent parvenu
Qui devint orgueilleux dès qu'il n'alla plus nu,
Oublia qu'il te doit son faste.

Mais il te reviendra, fils prodigue, un beau jour,
Contraint de convenir que la fleur de l'amour
Ne s'épanouit qu'à ton ombre,
Jugeant avec le Christ, issu de ton milieu,
Que la richesse oisive est un fléau de Dieu,
Qui nous vaut nos malheurs sans nombre.

Déesse, ô Pauvreté, sois à nous qui t'aimons!
Par ton humilité faisant fuir les démons,
D'idéal pur fleuris nos sommes :
Que l'or, ferment de haine abject et radieux,
Au sens des ingénus, soit un faiseur de dieux,
Tu vaux mieux, toi, qui fais des hommes!

Pauvre France

Evoquant la laie aux douze mamelles,
Que ses marcassins tètent à l'envi,
La France a le sort des veules femelles
Qu'exploite un dos vert, au vice asservi.

O pays de l'ordre, où florit Voltaire,
Dieu spirituel des bourgeois déments,
Devras-tu toujours payer et te taire,
Donnant ta substance aux surgeons gourmands?

Es-tu condamnée à subir l'injure
De ceux dont le cœur jure et se parjure
En un jour vingt fois, prouvant leur néant?

Tel un solitaire affrontant la meute,
Renvoie au chenil le rongeur géant
Qui, vivant de tous, prêche encor l'émeute!

Non !

Non, le drapeau couleur de sang
N'est pas l'emblème attendrissant
Du bonheur le plus grand d'un monde,
Où Giranthrope a l'impudeur,
Démos, d'exploiter la candeur,
Sur quoi son avenir se fonde!

Non, le Communisme intégral.
Qui contraignit l'être ancestral
A fuir sa veule ignominie,
Echappant à la malefaim,
O Travailleur, n'est pas la fin
Qui doit couronner ton génie!

Ce qu'il faut au Peuple, avili
Par l'hallucinant hallali.
Du clabaudeur parasitaire,
Qui l'affole et l'excite au mal,
Dans l'homme éveillant l'animal,
C'est la loi qui le fera taire.

C'est la raison, l'affranchissant
De l'égoïsme envahissant,
Qui le fait crier de misère
Dans son bien-être occidental
C'est le travail, au capital
Uni, pour un effort sincère,

Afin d'aplanir leur chemin
Aux Français qui naîtront demain,
Guéris du mal affreux d'envie.
C'est l'aube, enfin, nimbant le jour
Si nouveau, qui verra l'amour
Ne plus fleurir que de la vie!

Pardonnons

Pardonnons aux méchants tout le mal qu'ils se font
Par leur mauvais exemple, autour qui sur eux fond
Afin de les punir, dans leur imprévoyance,
De n'avoir jamais pris un bain de conscience.

Pardonnons aux Puissants le bien qu'ils ne font pas,
Perdant l'occasion de fleurir leur trépas
Du devoir accompli. Les âmes en enfance,
L'instinct les malmenant, sont toujours sans défense.

Pardonnons aux Petits de ne plus croire en Dieu,
Les Grands leur démontrant, chacun dans son milieu,
Que tout est vain sinon les chants de la Sirène.

Et Poète, invoquant la Bonté souveraine,
Pour le bonheur de tous, affirmons au-vainqueur
Qu'il est faux que l'on soit la dupe de son cœur.

Chanson macabre

Plouton dit à Pauper ceci :
« Voulant t'alléger du souci,
Raffiné dans les maux qu'il dose
Qui te mine sans paix ni fin,
D'apaiser à loisir ta faim,
Voici ce que je te propose :

Quand la Mort pâle aux yeux de nuit,
Dont la faux dans ma terreur luit
Comme un soleil et m'importune,
Viendra, gîté dans mes lambris,
Tu la recevras. A ce prix,
Je te fais part de ma fortune. »

Gueux accepta sans hésiter.
Riche, il allait enfin goûter
Au suc des baisers de princesse.
S'animalisant sans faiblir,
Il allait pouvoir s'avilir,
Noçant et festoyant sans cesse.

Vint la Camarde aux yeux de nuit,
Dont la faux comme un soleil luit,
Qui, rebelle à leur patenôtre,
Et désirant le plus hideux,
Jura, les emportant tous deux :
— « Ils sont aussi vils l'un que l'autre! »

Ronde moderne

Le carnaval est éternel
Pour les valets de la Folie :
Courtisans du plaisir charnel,
Qu'intronisa leur aboulie,
Se libérant de tout devoir,
Au nom d'un scepticisme infâme,
Ils vont, les malheureux, sans voir
Que leur démence prouve une âme :
L'instinct brutal raffine-t-il?
Soumis aux lois d'où naît la vie,
Sans désir obscène ou subtil,
Il dort, sa fringale assouvie,
Ils vont, par leur vice accouplés :
Veule uraniste au menton glabre,
Androgyne aux sens essoufflés,
Intoxiqué, blême et macabre,
Tout le clan des visages teints,
Dans une mimique infernale,
S'exprimer des sentiments feints,
Faux-prétexte à leur saturnale,

Danser l'apéritif du rut,
Que nul rayon d'amour n'azure.
Le jazz-band tonitrue en Ut
Et la Mort leur bat la mesure!
Ils vont, militants des sabbats
Qu'un esprit décadent préside,
Avilir par de vains ébats
L'être humain qui dans eux réside.
La Dame au glaive, ingénument,
Doit rêver que, devenus ombres,
Ils danseront éperdument
Afin d'égayer ses nuits sombres.
Mimez l'hymne au plaisir charnel,
Qu'intronisa votre aboulie :
Le carnaval est éternel
Pour les valets de la Folie!

La déchéance de la Femme

Le sylphe Orgueil, usant du pouvoir que lui donne
Sa clé miraculeuse, ouvrant tous les cœurs vils,
Foyers des sentiments immoraux, qu'il tisonne,
Dit à l'enfant :
— « Sirène, aux ingénus babils,
A tes pieds de Vénus chante un concert d'hommages,
Et tes yeux de l'étoile ont le rayon divin
Qui, vers Jésus enfant, conduisit les Rois mages.
Mais vouée à l'hymen, tu seras belle en vain.
Prise aux lacs décevants d'un amour éphémère,
En faux-fuyants fertile, expert en cruauté,
Tu sortiras du songe, un jour, t'éveillant mère.
Ainsi dans la douleur s'éteindra ta beauté.
Le charme a des devoirs autant que le génie,
Phare à l'esprit perplexe indiquant son chemin.
Nimbée à ton berceau d'une grâce infinie,
Ta splendeur constitue un royal parchemin.
Donc, tu dois régner seule et, déité profane,
Par tes ris de faunesse enchaîner les humains.
Exploitant leur désir, qui jamais ne se fane,
Tu les prosterneras d'un geste de tes mains.

Les ayant subjugués, tu deviendras la Femme,
Pour les faveurs de qui les titans combattront.
Que ton baiser leur soit le souverain dictame
Qui les consolera des maux qu'ils se feront.
Que l'affolant besoin d'abreuver à ta bouche
La soif de volupté qui les fit délirer,
Les amène assouplis et rampants vers ta couche,
Déterminés au pire afin de t'admirer.
Que ton giron superbe, autel d'un nouveau culte,
Soit le bonheur suprême à leur sadisme offert,
Qu'ils viendront quémander, dans leur folie occulte,
Te voulant d'autant plus qu'ils auront plus souffert.
Vierge, afin que ton front très pur se rassérène :
La paix dans l'infamie est la vertu des forts.
Va! De ton char, jugeant les combats de l'arène,
Offre aux vainqueurs ta lèvre et ton mépris aux morts.
Incarnant la Circé, qui s'offre en holocauste
A l'argent, corrupteur de la terre et du ciel,
Tu seras le Pouvoir que, très humble, on accoste,
Mendiant ton regard, à l'Ordre essentiel.
Marion, tu verras chroniqueurs et poètes,
Célébrant ton esprit dans leur insanité,
Marquer d'un caillou blanc les jours fastes, tes fêtes.
Leurs chants te referont une virginité. »

Il dit.

Et la Sirène, à tout progrès fatale,
Conquiert le monde afin de le mieux ravager,
Déchaînant l'ouragan d'envie âpre et brutale
Qui nous fait nous haïr et nous entr'égorger.
O vœux simples et purs, conseilleurs de sagesse!
L'Idole étant acquise au plus riche aigrefin,
Le Mal, dernier patron qui paie avec largesse,
Va libérer l'instinct du vouloir-vivre, enfin!
L'amour dans l'hyménée est la fade ambroisie
Dont les cœurs n'ont plus faim, qu'a vus le sylphe Orgueil :
L'épouse étant un lot, la maîtresse est choisie.
Quant à l'honneur, cadavre il est mis au cercueil.
S'éclipser, s'écraser, s'humilier entre elles
Est le suprême effort de leurs constants désirs
Qui les font se vouer au désir d'être belles :
Le temple est envahi des jeux et des plaisirs.
Si l'Or est souverain c'est que la Femme est vile :
Ineffable et prenant ses devoirs pour joujoux,
Elle a transformé l'homme en gagne-argent servile,
A qui l'honneur est fait de solder ses bijoux.
Dans l'échoppe où naguère on s'épousait en bandes,
Rêvant de nombreux fils, on se bat au couteau :
La femelle incitant les mâles aux prébendes,
Il n'est plus un seul gueux qui ne rêve un château.

Sans regret du bonheur paisible qu'il délaisse,
Caliban te célèbre, ô prolifique Apis.
Et Prospero, tenu par son cynisme en laisse,
Va dégorger son stupre aux pieds de Rhodopis!

INVOCATION :

Toi, que chacun de nous vénéra dans sa mère,
Que tout homme a chérie, enjôleur ou brutal,
Femme, que nous aimons, notre peine est amère
Te voyant déserter notre autel pour l'étal.
Redeviens simple, afin de rester génitrice,
Nous inspirant l'amour dans la moralité,
Sois la source apaisante et sainte, inspiratrice
Du bien, qui seul conduit à l'immortalité.

La Vie actuelle

La vie actuelle évoque un cours d'eau
Fangeux, délétère,
Au milieu duquel, en barque, en radeau,
Sans aucun mystère;
Un Etre, effarant sous le firmament,
Fiévreux se dépêche,
Vivant automate et, comme un dément,
Se livre à la pêche.

Ses engins tendus, que lèvera-t-il?
O joie enivrante!
Brochet, gardon, brème ou, goujon d'Avril,
Une loque errante?
Le poisson peuplant ce Pactole infect
Et que l'on renomme,
De tout se défie, a tout pour suspect,
Malin comme un homme.

Cependant, il faut qu'il en capture un,
En lui la faim brame.
Oh! le rêve ardent qu'il poursuit, à jeun,
Les forfaits qu'il trame.

Oh! les projets fous, les vœux insensés,
Dont il importune
Le ciel, t'espérant les traits convulsés,
Monstre aimé, Fortune!

Et tous les pêcheurs, sans trêve, amorçant
La déesse infâme,
L'un, de son honneur, ceux-ci, de leur sang,
Et tous, de leur âme,
On voit, émergeant, bercés par les flots,
Visions macabres,
Salués de cris, de pleurs, de sanglots,
Passer des cadavres!

L'air de ce ruisseau fait mourir le cœur,
Viens-nous-en, Mignonne :
Au fond de tes yeux, à l'attrait vainqueur,
L'espoir lumignonne :
Du labeur, du pain et, le soir venu,
Du bonheur encore :
L'amour, pur nectar, dont ton corps menu
Est l'immense amphore.

Scepticisme

Oui, la Science a fait des progrès étonnants.
Oui, nous nous inclinons devant ses découvertes.
Oui, l'aviation, les gaz les détonnants,
Dans la guerre moderne ont décuplé les pertes.

Oui, sa maîtrise, ayant uni les continents,
Sur un bel avenir tient les portes ouvertes.
Oui, les savants fameux, inventeurs éminents,
Ont tous droit à nos fleurs, d'enthousiasme offertes.

Oui, tous les éléments sont soumis à sa loi,
Mais la morale enfant chevauche une tortue :
Plus que jamais sévit le vil chacun pour soi,

On s'exècre, on se pille, hélas! on s'entretue!
Et le couronnement de son grand œuvre, enfin;
Elle a tué le Rêve et les âmes ont faim!

La Question sociale

Elevons-nous, mon âme, à l'oubli de nous-même :
C'est s'animaliser de ne penser qu'à soi,
L'univers se limite à la grandeur du moi,
Et le moi s'évalue au degré dont il aime.

Tel affreux égoïste, emmuré dans sa loi,
Pour amender le monde a toujours un système.
C'est l'erreur. L'amour seul résoudra le problème
Du pain commun à tous dans la commune foi.

Mais si l'humanité, nul chez lui n'étant maître,
S'en remet à l'instinct des soins de son bien-être,
Chacun sera pour l'autre ainsi qu'un étranger?

Elevons-nous, mon âme, à des cîmes plus hautes :
N'accusant ni le Ciel, ni l'Etat de nos fautes,
Pour le bonheur de tous, c'est nous qu'il faut changer.

L'Idéal d'aujourd'hui

L'amer scepticisme a conquis les hommes :
Grand agioteur, bourgeois raffiné,
Sur le pain des gueux prélevant des sommes,
Crésus entretient richement Phryné.
Bafoué par elle, il sait qu'il est dupe.
Qu'importe? L'encens montera vers lui :
Il la revêt d'or, donc on s'en occupe?
Tel est l'idéal navrant d'aujourd'hui.

Quant au Pauvre, il veut de grosses journées.
Afin de donner du mieux-être aux siens?
Non. Pour absorber des tas de tournées,
Noyant vigueur, foi, volonté, seul bien
Sur quoi le bonheur des vaincus se fonde.
Quel mal aura fait l'araignée Ennui,
Tìssant dans leur âme, où l'ivraie abonde.
Tel est l'idéal navrant d'aujourd'hui.

Présidant aux chocs de la lutte atroce
Pour le papier bleu, traqué sans répit,
La Femme a rêvé d'un Shylock féroce,
Qui rançonnerait tout, à son profit :

— Quoi donc, jeune et belle? Ah! si j'étais riche! —
Chantonne, obsesseur, sur un air à lui,
L'oiseau vert perchant dans son cœur en friche.
Tel est l'idéal navrant d'aujourd'hui.

Le sens du devoir en nous s'atrophie :
Pauvreté, toi seule aurais le pouvoir,
Nous faisant aimer ce qui simplifie,
De rééduquer ce sens du devoir.
Viens-nous. Que tu sois maudite, il n'importe :
Le malheur de tous, c'est le bien d'autrui.
Je ne vois que toi d'assez rude et forte
Contre l'idéal navrant d'aujourd'hui.

Simplifions

Simplifions, simplifions : La vie est brève
Que nous égrenons aux plaisirs,
Dans l'âme au jour douteux suscitant ce vain rêve :
A chacun selon ses désirs!

Notre sol doit et peut héberger tout le monde,
Etant l'objet de tous nos soins.
Mais faudrait-il que l'homme, à l'humeur vagabonde,
Produisant plus, consommât moins.

Ne prétendons-nous point régner sur tous les êtres?
Que ne gouvernons-nous en nous :
Se créer des besoins c'est se donner des maîtres,
Orgueilleux, affranchissez-vous!

Simplifions, simplifions : La vie est chère.
O vous, dont la rapacité
A réduit, du dollar faisant la surenchère,
Le franc à la mendicité,

Jouisseurs effrénés, dont la règle est l'outrance,
Simplifiez! Il est déçu
Le soldat qui vainquit pour la plus belle France :
Hélas! geint-il, si j'avais su!

Posséder, s'abreuver de luxe et de luxure,
C'est donner part double à l'instinct :
La poursuite est plus noble et la route est plus sûre
De l'Idéal jamais atteint.

Simplifions, simplifions, la vie est sombre :
Le monde, en butte aux niveleurs,
Subit l'assaut brutal de forcenés sans nombre,
Semeurs de haine et de douleurs!

Mais la Vérité sort de la tombe, où l'ont mise
Les prêcheurs fous d'obscur néant,
Et vaillante, ainsi qu'à Salamine, Artémise,
Les abat de son poing géant :

Tout est faux des chansons, que l'envie en délire
Rugit en rage et dans tout lieu.
Le bien public m'inspire et j'accorde ma lyre
Pour entonner l'hymne au vrai Dieu!

Logique

— « L'homme est un animal par un songe ennobli :
Sa terreur de la mort, porte effrayante et sombre
Ouvrant sur le Néant, définitif oubli,
Lui fit imaginer des contes bleus sans nombre. » —

Pour guérir les Rhéteurs, prétendus éminents,
Des furieux accès du mal démagogique,
Qui les font nous prêcher ces amers boniments,
Il faudrait que Démos conclût avec logique :

— Or, puisque tout est faux de ce que l'on m'apprit,
Que Dieu, l'âme et la foi, sont vapeurs d'un esprit
Qui se volatilise en vaine rhétorique,

A quoi bon me restreindre et manger mon pain sec,
Quand nous sommes cinq cents pour étrangler Gobseck?
L'impératif? Oui-dà : Rangez-vous sous ma trique!

La foire aux Demoiselles

Scène de la rue, à trois personnages :

LA MÈRE, très bien-disante. — LA FILLE, muette, éloquente en attitudes. — LE POÈTE, consterné.

LA MÈRE

Madame Légion, dont l'aigre vétérance
Arbore un luxe ébouriffant,
Jouant sur son orgueil sa suprême espérance,
Sort exhiber sa chère enfant :
— Anaïs, oui, Monsieur, dix-neuf ans aux cerises.
Et, pour un mari, quel trésor :
Charlestonne et chante, oh! son chant : La voix des brises
Vernales. Un vrai joyau d'or!

Oh! je monte la garde,
Allez, diseurs de rien!
Un Monsieur te regarde,
Anaïs, tiens-toi bien!

Admirez-moi son corps gracile, œuvre admirable
Evoquant l'art de Tanagra.
Et ses yeux, et son teint, et sa bouche adorable :
Oh! bienheureux qui la prendra.
Eh bien, l'eussiez-vous cru, Monsieur, malgré les charmes
Dont se fleurit sa vénusté,
Nul prétendant ne point. C'est à se fondre en larmes.
Non! quel blasphème à la beauté!

Ah! Monsieur, nous vivons un temps bien difficile :
L'homme actuel n'épouse plus.
C'est un vrai parangon d'égoïsme imbécile,
Et comme ils sont tous dissolus :
Ils ont appris l'amour sur les bancs de l'école.
Alors, le résultat certain,
C'est encor, c'est toujours le ménage à la colle,
Triomphe aisé de la Catin!

Oh! je monte la garde,
Allez, diseurs de rien!
Un Monsieur te regarde,
Anaïs, tiens-toi bien!

Mais que prétendez-vous que mon Agnès devienne
Dans cet inélégant conflit,
Ayant à lutter contre une Artémis ancienne,
Argumentant surtout au lit?

D'avance elle est vaincue. Et cela n'est pas drôle.
Or, je ressasse à mon époux,
Un tantinet vieux jeu, mais je connais mon rôle :
— Pour emprunter, mets tes bijoux.

Soumettons-nous aux lois que la coutume impose :
La montrant sous son plus beau jour,
Ayons l'air de quelqu'un, nous serons quelque chose.
Et qu'on lui fasse enfin la cour! —
Donc, à nous deux l'asphalte, où l'or est ce qui brille,
Salon de ceux qui n'en ont pas.
J'entends bien : C'est aussi le boudoir de la fille,
Oui, mais où montrer ses appas?

Oh! je monte la garde,
Allez, diseurs de rien!
Un Monsieur te regarde,
Anaïs, tiens-toi bien!

Le Poète

Mère, en mal d'avenir pour ta progéniture,
Ton naturel orgueil aveuglant ta droiture,
Tu crois, t'imaginant qu'on ne peut rencontrer
D'attraits plus captivants, n'avoir qu'à la montrer,

Dans le flatteur écrin d'une robe indiscrète,
Pour qu'un millionnaire à l'enlever s'apprête?
Comme si l'oiseau rare, un Crésus amoureux,
Dont l'espoir motiva tant de faste onéreux,
Hantait les carrefours et n'était pas lui-même
A l'affût de la Dame aux seins dorés, qu'il aime!
Mais la rue attirante, où tu cours étaler
Ses charmes inouïs, chacune y veut aller :
N'est-elle pas la foire à l'impudence ouverte,
Où l'on fait estimer sa gloriole à perte,
Galvaudant la fortune illusoire, en gros sous,
Que la foule des sots désœuvrés et des fous,
En retour de la leur, complaisamment vous prête,
Sur la foi d'un manteau non payé, d'une aigrette?
Comment, dans ce milieu des doreurs de billon,
La flamme est-elle encor funeste au papillon?
Là, ton enfant divine, expertement guidée,
Se fait à devenir vaniteuse et guindée,
Pratiquant les moyens, si tristement divers,
De se faire admirer de face et de revers.
Que dis-je, outrant l'allure excitante et grivoise
Du dragon de vertu, qu'un louis apprivoise,
Elle apprend sa valeur vénale, avec ferveur,
Dans l'obstination des regards d'un suiveur,
Dont l'hommage, affolant sa chasteté, l'exalte
Au point de rechercher ces plaisirs de l'asphalte,

A défaut d'autre scène, où glaner des succès
Qui, d'un mal dangereux précédant les accès,
La feront rèvasser qu'elle atteignit la cîme,
Compatissant aux vœux d'un quidam richissime!
La Mode aux dits pervers ne saurait excuser
Ce besoin d'éblouir et de vous abuser,
Auquel vous vous livrez, chutant dans la licence
D'usages insensés, qui frisent l'indécence!
Que Madame Une Telle, en superfluité
Prodigue son crédit, mettant sa vanité
A ne pas briller moins que Madame Telle Autre,
De qui le mauvais ton se pénétra du vòtre.
Qu'elle intrigue, espérant amener son enfant
A couronner les vœux d'un barbon triomphant,
Tout immonde que soit cette philosophie,
Cependant, à ses yeux, sa fin la justifie.
Mais que, de ses grands airs mal singés t'inspirant,
Tu serves un orgueil encor plus dévorant,
Faisant de l'avenir de ta fille un prétexte
A la rendre impossible à l'épouseur modeste.
Que tu sois folle au point de brûler ton avoir
En exhibitions, paraissant ne savoir
Que faire d'elle au mieux une coquette insigne,
Tout au plus bonne à rien, ta déraison m'indigne,
Et, même en ta faveur, je ne saurais louer
Cet écœurant marché de vierges à louer!

Abandonnez plutôt ces pratiques osées,
Qui donnent au mari prétendant des nausées,
L'induisant à prévoir un geste irréfléchi :
Du trottoir au ruisseau, le pas est tôt franchi.
Car tout homme sensé désirant prendre femme
Songe aux lendemains fous du sage épithalame,
Alors que séviront les coûteux falbalas,
Sachant qu'à sa compagne il ne suffira pas
De savoir s'habiller. Et que, pour être mère
Digne et forte, aussi bien que bonne ménagère,
Il n'est aucun besoin de posséder cet art
Dangereux, qui consiste à capter le regard
Par ses charmes, usant du navrant artifice
D'une attitude habile à leur beauté propice.
La vertu de la rose a l'attrait captivant :
En aspirant l'arome, on en devient fervent.
Votre enfant dût-elle être un peu moins demoiselle,
A la conserver simple apportez plus de zèle.
Et l'épouseur viendra, qui fuit épouvanté
Par un luxe inouï, dont s'accroît la cherté.

La Mère

Attendre qu'un jeune homme, ayant roulé sa bosse
En tous lieux, poursuivant sa mutité précoce,

Ermite à son déclin, s'avise tout-à-coup
De prendre un ange qui, tout à flatter son goût
Pour la vie uniforme, à son budget restreinte,
Devra, près de l'amour passant comme une sainte,
Mijoter la pot-bouille et, reprisant ses bas,
Oublier qu'elle est jeune et belle, n'est-ce pas?
Vos conseils, inspirés du gynécée antique,
Valent-ils pour l'épouse ou pour la domestique?
Distinguons : Grâce aux soins des mamans, dont je suis,
La jeunesse a changé d'idéal. Je la suis :
Foin du clos réservé qui par devoir s'emblave!
Dérivant nos boulets de millénaire esclave,
Nous prétendons aimer, bravant l'esprit étroit.
Et nous revendiquons le droit d'avoir ce droit.
Cela, sans renoncer à la douce espérance
De décrocher un sac pansu.
Ma révérence,
Monsieur. Le progrès vole et vous marquez le pas.
Mais, à chacun le lot qu'il se tire ici-bas.

Oh! je monte la garde,
Allez, diseurs de rien!
Un Monsieur te regarde,
Anaïs, tiens-toi bien!

Le Poète

Je te salue, argent, cosmocrate imbécile,
Qui tends à muer l'homme en vivant ustensile,
N'ayant volonté, mœurs, dignité ni bon sens,
Ne sachant que brûler à tes pieds son encens.
Axe autour duquel tout naît, vit, croît, évolue,
Corrupteur éternel, argent, je te salue!

Ballade au mauvais goût

Tous les goûts sont dans la nature,
A dit un verrat distingué,
Qui ne prenait sa nourriture
Que dans Scatopolis, ô gué!
Admettant son principe étrange,
Nous nous donnons la liberté
D'être immoraux avec fierté.
Et bran à qui cela dérange!

Ainsi dans la littérature :
Maints auteurs se sont fourvoyés,
Chantant des amours hors nature,
Sous peine d'être inemployés :
Ne faut-il point que chacun mange?
Les romans doivent exalter
Les Mignards, qui se font téter.
Et bran à qui cela dérange!

La Bovary, les Demi-Vierges,
Jusqu'à toi, Monique Lherbier,
Qui t'enflammant à tant de cierges,
Auras allumé tant d'herbiers!

Sont fades au cœur de l'Archange
Qui charlestonne avec ferveur :
Les Invertis sont en faveur.
Et bran à qui cela dérange!

ENVOI :

L'homme est mûr pour le cabanon,
Profite, Aède, emplis ta grange :
Les gros succès font le grand nom.
Et bran à qui cela dérange!

O Poésie !

Muse, insufflez-moi l'art de ces vers musicaux,
Qui font si gentiment soupirer les échos
Et défaillir le cœur des Elus qui les boivent.
Les oiseaux, au soleil sachant bien ce qu'ils doivent,

Dans les boqueteaux verts, de leurs chants animés,
En disent de pareils, liquidement rimés,
Sur le bouleau faisant se recueillir la feuille,
Et devenir meilleur l'aspic qui les recueille.

Quelle ampleur a le rythme, ainsi divinisé,
S'étayant du pouvoir d'un verbe adonisé
Jusqu'à n'exprimer plus que la métaphysique,

Où vont communier Poésie et Musique :
O Poète idéal qui, du monde incompris,
Peut dire aux Ostrogots ton souverain mépris!

Littérature

O temps de l'homme-oiseau, mais du viveur sceptique!
Pleurez, ô doux lettrés qu'enchanta Trissotin :
Pégase est un onagre et la Muse, un trottin.
Le poivre a détrôné ce bon vieux sel attique.

L'esprit le plus goûté, les pensers seuls compris
Sont... Rêveurs, gémissez sur vos déconvenues :
Une revue absurde aux cuisseaux d'ingénue,
S'enchérissant sur cinq louis de mise à prix!

Travaillez donc, Penseurs, exaltant vos génies,
Résolvez en beautés vos longues insomnies,
Mais songez au sadisme, il en faut aux bourgeois :

Noyer dans les plaisirs son regret d'être un homme
Alors qu'on a les goûts d'un Orang, c'est en somme
L'idéal attristant de nombreux villageois!

Le progrès humain

Un million cinq cent mille Français de France
Sont allés dire à Dieu la somme d'espérance,
Que nous pouvons fonder sur le progrès humain :
La Science ascendante, égayant le chemin

Des éclairs de la foudre, au ciel captés par elle,
La guerre est devenue idéalement belle,
A la considérer par le total des morts.
Et la vie improvise un dithyrambe aux forts,

Qui fait bien augurer de l'avenir superbe
Que le présent distille aux citoyens en herbe.
Hourra! Mons Caliban, devenu Prospero,

Professant qu'un bourgeois est égal à zéro,
Apollon Pythien n'eut-il point ses oracles?
Nous pouvons nous attendre à de prochains miracles!

L'Elite

L'Elite a pour devoir d'éclairer le chemin :
Turcaret va devant. Caressant d'une main
Le fastueux giron d'une impure à sa solde,
De l'autre, il fait briller aux yeux des serfs qu'il solde,

Dans un ciboire, argent rehaussé de vermeil,
Un louis de vingt francs, brillant comme un soleil :
— C'est le dieu, c'est le dieu! — clame aussitôt la foule
Des nombreux meurt-de-faim, qu'un flot d'agents refoule.

Le cortège imposant, grossi des rangs épais
Des profiteurs de guerre, agioteurs de paix,
Chacun d'eux imitant celui qu'il accompagne,

Se déroule au bruit sec des bouchons de champagne.
Et, fini son passage, aux malheureux errants,
Un Barde éructe un hymne à la vertu des grands!

Le Féminisme

Le Féminisme égare en des chemins fangeux
Les fervents de sa cause, à jamais compromise,
Prônant un communisme, aux amants outrageux,
Où tous les cœurs battront sous la même chemise.

C'est laidement confondre Amour avec Désir,
Que d'assimiler l'homme à la brute en folie,
Et de le condamner au bagne du plaisir,
La jamais eue encor étant la plus jolie.

C'est instaurer l'instinct, tyran de la raison,
Que de traiter la femme en moule à pâmoison,
Lui contestant le droit au don de l'orchidée

Qu'est son âme elle-même, à l'inouï parfum,
Quand elle la consacre au ravissement d'UN :
L'amour naît dans la chair mais fleurit dans l'idée.

Lesbos

Lesbos a vu fleurir des amours subversives,
Unissant deux Enfants, dans un baiser lascif,
Où leur chair, se leurrant d'étreintes évasives,
Ne conjuguait le verbe éternel qu'au passif.

Ces mœurs d'après l'antique, aux vertus corrosives,
Décelant un esprit obscène et régressif,
Chez nous, font le bonheur prétendu des oisives,
Dans le déchaînement de leur sexe impulsif :

O Femmes, qui cherchez l'azur dans la tourmente,
N'est-il point une voix qui pleure et se lamente,
En vous, de vos plaisirs criant la vanité?

Revenez au Devoir, il paie avec largesse :
Fleur qui naît du désir et croît dans la sagesse,
L'Amour s'épanouit dans la maternité.

L'Amour libre

L'amour libre est un jeu qu'Avril,
Chantant les baisers en musique,
Suggère à LUI, cœur puéril,
De qui l'impeccable physique
Met la vertu d'ELLE en péril.
Dame Occasion, proxénète
Aux bandeaux gris de femme honnête,
Protégeant leur intimité,
Ils partent en pleine romance :
Cythère est à proximité.

Et l'amour libre ainsi commence.

Volupté sainte, envol au ciel
Des âmes sœurs, libres et franches.
Osant l'hymen fiduciel,
Béni par l'oiseau dans les branches
O plaisir superficiel!
Amour charnel, cratère en flamme,

Tu n'es qu'un feu follet dans l'âme,
Près du bonheur dont on rêva.
Las! bientôt se boudant sans trêve,
De son côté, chacun s'en va.

Et l'amour libre ainsi s'achève.

Tout irait bien si, trop souvent,
Revendiquant son droit de vivre,
L'enfant ne venait pas, prouvant
Qu'en fait il n'est point d'amour libre.
A moins qu'un beau drame émouvant,
Aux fins pareilles et précises,
Ne le libère en cours d'assises.
Et dès lors, seule à tout jamais,
ELLE, dont LUI plus ne s'occupe,
Jure, un peu tard, que désormais...

L'amour libre est un jeu de dupe.

VARIATIONS SUR L'AMOUR

L'Amour et la Mort

Par-devant Satan, maître ès imposture,

L'Amour et la Mort ont passé contrat,
Qu'il a revêtu de sa signature :
« Traquant les humains, heureux scélérat,
Tu les pousseras à la géniture,

A dit la Camarde austère au vainqueur :
La vie est le pain dont je me délecte! »
Et le chérubin : « Oui, de très grand cœur,
A-t-il répondu dans son dialecte :

Ils seront les serfs d'un désir instant.
Mais, quand des amants les baisers s'aigrissent
Et qu'ils me renient, accours dans l'instant :
Le baume est en toi dont ils se guérissent! »

C'est conclu. Satan se montra charmant.
Et, depuis ce jour, dupé qui nous dupe,
L'Amour se jouant de nous tous, gaîment
Nous fait voir le ciel dessous une jupe.

L'Amour à travers les âges

PRÉHISTORIQUE

L'éphèbe au torse aduste, athlétique et velu,
Suivi d'une admirable enfant, affriandée
Par sa beauté de mâle ardent et résolu,
Dans la forêt profonde étaient à la glandée.

Hormis l'essor bruyant du colombin goulu,
Dont la foule, à leur vue, essaimait débandée,
Aucun bruit ne troublait le silence absolu
Qui planait, annonçant une orageuse ondée.

Soudain, la sauvageonne, au plaisir innocent
De se révéler femme et brûlant d'être épouse,
Le convia d'un cri, suçotant une arbouse.

Alors ce fruit offert, rouge ainsi que du sang,
Eveillant dans sa chair son instinct prolifique,
Il bondit, et ce fut leur hymen magnifique!

L'Amour à travers les âges

HISTORIQUE ET SACRÉ

Tout était bleu : L'azur du ciel, les doux yeux d'Eve,
D'où le plaisir de vivre irradiait, le rêve
Ebauché par Adam, surgissant du sommeil
D'avant l'être et voyant, minuscule arc vermeil

Aux traits énamourants, s'offrir épanouie
La bouche en floraison d'Eve, rose inouïe.
Oh! le cantique ardent de l'aïeul ingénu,
Subissant l'invincible attrait de ce corps nu,

Résumé du bonheur et genèse du monde!
Eve, encline à l'amour, dont la splendeur de blonde
Suscitait le désir, en attendait l'aveu.

Il vint. Ce fut alors leur hymen grandiose,
L'avenir souriant dans une apothéose
De baisers. Tout était idéalement bleu!

L'Amour à travers les âges

HISTORIQUE ET PROFANE

Chacun d'eux, Lui, mineur, Elle, ornatrice, au chant
De leur voix, se disant les rancœurs de la mine
Et du laid gynécée, auxquels un dieu méchant
Les voua, berçait son désespoir. En famine,

Ils s'étaient rencontrés au cercle, où leur marchand,
Géronte affreux, pouffait, quand, décriant leur mine
Ou leur âge, en son for, sur leur beauté louchant,
Quelque avare Athénien offrait d'eux une mine.

Voisin de dème, au soir, sur l'Agora désert,
Leur cœur, par les tourments communs rendu disert,
S'épanchait et prenait sa part des maux de l'autre :

Unis et malheureux quel bonheur est le nôtre,
Soupiraient-ils, nimbés d'argent par Séléné.
L'amour de la douleur à deux soufferte est né.

L'Amour à travers les âges

MODERNE

L'amour est l'hydromel que l'on savoure à deux,
Durant l'éclair divin du baiser. Temps hideux :
L'éphèbe en mal d'îvresse, aujourd'hui s'émancipe
Chez Vénus Pandémos allant fumer sa pipe.

Que dis-je, il est déjà sceptique et libertin,
Ayant vu se figer son sourire enfantin,
Devant le bref discours de l'Amie, en cachette,
Sur les nécessités d'un monde où tout s'achète.

O culte de la Femme élue, enseveli
Dans le cœur attristé de tout homme, avili
Par l'usage insensé des pâmoisons vénales!

Ecoutez les chansons des blondes nuits vernales,
Exaltant la douceur des hymens ingénus :
Les dieux ne s'en vont point, ils ne sont pas venus!

La fin de la Famille

L'équipage insoumis du *Beau Sire*, en détresse,
S'efforçant d'étayer sa frayeur par l'ivresse,
Alors qu'il se croyait perdu,
Loin d'agir en marins que le péril enflamme,
Noya sa volonté dans l'alcool, tueur d'âme.
Il fut retrouvé morfondu.

Ainsi, quand la Famille, à travers la mer sombre,
Des appétits sans règle où sa dignité sombre,
Dérive et peut s'anéantir,
Son pilote ignorant, nautonier sans audace,
Qu'un danger s'amoindrit que l'on regarde en face,
Court au-devant du repentir.

Un ouragan mental déchaîné sur le Monde,
Sapant le sentiment naturel qui la fonde,
Meugle en tous : « A nous les plaisirs!
Assez d'hypocrisie et que l'instinct sévisse :
Les sexes doivent être égaux devant le vice,
Etant égaux dans leurs désirs! »

Déposant l'auréole aux pieds de sa Chimère,
La Femme émancipée ose abjurer la mère,
Au luxe immolant son devoir.
L'Homme avide et vidé, moderniste au cœur flasque,
La convie à l'hymen où leur amour fantasque
Conjuguera le verbe Avoir.

Le virus possessif a mis la France en rage :
Vertus des couples forts : Fécondité, courage,
Vieux refrains, vous avez vécu.
L'idéal? C'est d'aller en chantant vers la tombe,
Bousculant qui chancelle et détroussant qui tombe.
A jamais, malheur au vaincu!

Tout paresseux rêvant de capter la Fortune
Se mue en aigrefin, qu'un scrupule importune,
D'où la féroce inimitié.
Sur cent mille habitants que possède une ville.
La moitié, vil rebut de mentalité vile,
Vit exploitant l'autre moitié.

« La sanction morale? Inspirez-en la crainte
Aux affameurs publics, à la sauvage étreinte
Par tous subie indolemment,

Aux Frontins enrichis, devenus fous sadiques,
Dont font des sommités les écrits impudiques
Qui triomphent insolemment!

France au passé fameux dont l'éclat nous honore,
Durant quatre ans et plus, ton coq au chant sonore
Tint en arrêt les bataillons,
Unis dans l'espoir vain de t'arracher du faîte.
Sa voix s'éteindra-t-elle, augurant ta défaite?
Lui fournirons-nous des bâillons?

Au sommet, les époux qu'un fol orgueil chevauche,
Chacun de son côté, courant à la débauche,
Du fils possible ont la terreur.
En bas, le Peuple imbu de la formule impie
Que pratique à l'envi le Bourgeois, qu'il copie,
Devient son émule en erreur.

Notre pays, semblable au torrent qui dévale,
Son cours rapide accru d'une averse estivale,
Suit la pente au trompeur décor
Qui le conduit au gouffre : Envie âpre et brailleuse
De jouir à tout prix. — Paix à ta voix railleuse,
Sceptique, il vient l'âge de l'Or.

Il vient l'âge où, chacun se forgeant sa morale,
Au nom du droit musclé de la force, arbitrale,
La Plèbe, et sans patrociner,
Du Moi divinisé saura la liturgie :
« Serrez-vous, je prétends avoir place à l'orgie,
Dussé-je vous assassiner! »

Oh! vers quel avenir courons-nous? Quel Averne
Va s'ouvrir à nos pieds, faisant une caverne
Du Monde, où Macaire et Gotton,
Du clan des Parvenus devenant les oracles,
Nous émerveilleront par de touchants spectacles,
Fille et Voleur donnant le ton!

Case-cou! Nous tenons la route aventureuse
Qui mène à l'anarchie absurde et dangereuse,
Freinons, freinons donc, casse-cou!
Amis d'esprit lucide, ô vous dont le cœur vibre
Et conçoit la raison raisonnable, être libre,
Ce ne fut jamais être fou?

Tels des enfants rageurs, insensés que nous sommes,
Nous en prenant à Dieu d'être de méchants hommes,
Comme si rien nous était dû,

Nous allons blasphémant, outrés qu'il nous résiste :
Méritons-le d'abord, nous saurons s'il existe.
Et, sinon, qu'aurons-nous perdu?

Le bonheur? Il est tout dans le devoir, beau phare
Entouré des écueils dont le trembleur s'effare,
Et tient dans un seul mot : Veuillons!
Veuillons, n'avons-nous point le droit d'être sublime
Nous déshumanisant, sur les bords de l'abîme
Devant lequel nous sommeillons?

D'égotisme englué, l'esprit humain s'embourbe.
Libérant son essor, courons sus à la tourbe
Des fauteurs du vice attrayant.
Bravant les cris d'effroi, décrétons d'infamie
Le luxe, instaurateur du culte de Lamie,
Dont le ravage est effrayant.

Et vous, riches oisifs, qui faites à l'envie
L'outrage exaspérant de bafouer la vie,
Semant l'ivraie à pleine main,
Matez-vous, aérant l'enfer de vos psychoses,
Donnez le bon exemple, à défaut d'autres choses,
Elite, éclairez le chemin.

Démontrant le pouvoir du classique humanisme
Sur la volonté même, abjurez le cynisme
Qui vous asservit au plaisir.
Prouvez que son laurier jamais ne se défleure,
Et que l'instruction n'est point encor un leurre
Qui n'agrandit que les désirs.

Des panthéons mesquins, élargissez l'enceinte,
Et, relevant le front de la Pauvreté sainte,
Dressez-lui son autel brillant,
Afin que le plus humble artisan se pénètre
De cela : L'on devient tout ce que l'on veut être,
Lorsqu'on le veut d'un cœur vaillant.

— Non point? Courons plutôt l'amoureuse démence,
Dans les sentiers fleuris que l'ivresse ensemence?
— Soit! Ne pensons qu'aux agréments,
Attendant de finir, devenus de vrais singes,
Tant les excès auront étréci nos méninges,
En savourant nos excréments!

La chanson de la Vie

La chanson de la vie est une chanson triste,
Qu'il faut chantonner sans attirer le malheur,
Dont le poing menaçant de maraudeur sinistre
Est levé sur nous tous, artisan de douleur.

Si l'amour a fleuri pour vous sa fleur divine,
N'allez pas afficher le bonheur indiscret
Des tout jeunes amants, que le malin devine :
Aspirez-en l'arome idéal en secret.

Aimez-vous méfiant, car votre ombre enregistre
Vos instants de plaisir, volés au noir destin,
Et, de nuit, les dénombre à la nixe au teint bistre,
Qui mouille de nos pleurs son éternel festin!

La chanson nouvelle

Qui donc osa prétendre à la face de l'homme,
Dont l'esprit d'analyse a détrôné les dieux,
Qu'il n'était point le Roi du Cosmos, qu'il renomme,
Ignore-t-il les lois de la terre et des cieux?
N'a-t-il pas découvert la cellule organique,
La greffe et le sérum, remèdes à ses maux
Gloire au pithèque, aïeul qui dans nous tous fornique,
Et réjouissons-nous d'être des animaux!

L'Idéal? Ecoutons vociférer l'ancètre
Et nous abandonnons ravis à ses bons soins :
Anathème au naïf qui dans l'abstrait s'empêtre.
La morale est absurde, il n'est que des besoins.
A quoi bon d'amer doute embrumer sa cervelle?
C'est rampant qu'il faut vivre et non pas à genoux :
Gloire au pithèque, auteur de la chanson nouvelle,
Et nous réjouissons de ne penser qu'à nous!

La vie ouvre à nous tous un palais confortable.
De sa fragilité, pourquoi mal augurer,
Quand le Papier-régnant offre et bons gîte et table?

Aux Sots qui n'en ont point d'aller s'en procurer.
S'attrister dans l'orgie est douter de soi-même :
Au fond, rien ne nous prouve un au-delà lointain?
Gloire au pithèque, il a résolu le problème :
Le plaisir que l'on vit est seul un ciel certain!

Or, la Dame aux yeux d'ombre, hôtesse énigmatique,
Des traits de sa faveur daignant nous honorer,
Renouvelle à chacun le mot du sphinx antique :
« Eusses-tu deviné, je vais te dévorer! »
Et tous de s'affoler! L'angoisse envahit l'âme,
Dont la terreur s'exhale en regrets superflus.
Le pithèque est maudit trop tard. Et l'on se blâme
De l'oubli des chansons que l'on ne connaît plus!

Ode au vulgaire profane

Odi profanum vulgus, et arceo.
HORACE.

Le vulgaire est à plaindre. On en fait un profane
A ramper condamné,
Dont l'âme, odorant lys, à peine éclos se fane
Dans un corps surmené.
Le Poète, en son vol vertigineux, domine
Le monde et ses laideurs,
Et, phare étincelant dans la nuit, illumine
Leur voie aux entendeurs.
Il chante. Et la vertu, que fait aimer son verbe,
Divine en son maintien,
De l'arrogant orgueil réfrénant la superbe,
Nous prédispose au bien.
S'il lui plaît d'affronter les regards de Dieu même,
Nous prenant avec lui,
Il nous prouve en chemin qu'il n'est pas de système
Sans un céleste appui.
Mais son domaine, où dans le beau l'on communie,
Au pauvre est interdit,
Car il faut du talent pour goûter au génie,
Donc de l'argent maudit!

O vaincus qui, venus au soir de la récolte
Du bien-être civil,
Dans l'arène, où mugit un vent fou de révolte,
Glanez votre pain vil!
Faut-il donc que, voués au labeur qui vous courbe
Du matin jusqu'au soir,
Azurant l'avenir du méchant et du fourbe,
Vous viviez sans espoir?
Faut-il que la Beauté soit pour vous lettre morte,
Dont l'invincible attrait,
Pour gravir le calvaire humain d'une âme forte,
Encourage et distrait?
Faut-il, ô gouvernants qui, prélevant des sommes
Sur tout ce qui rend fol,
Empoisonnez gaîment esprit et corps des hommes
Par le jeu, par l'alcool,
Oui, faut-il que le Peuple, éternel misérable,
Du vice amé féal,
Ne voit que le revers de la vie exécrable,
Sans un peu d'idéal?
O Gueux, brisant ton joug, le verre où s'opalise
L'anis aux dits pervers,
Lis : Le verbe inspiré des Maîtres vocalise
En d'admirables vers.

L'esprit ouvrant le cœur, abandonne-toi : Pleure!
Bientôt dans tes douleurs,
La Muse ayant doré le seuil de ta demeure,
Chez toi naîtront des fleurs :
La Bonté puis l'Amour aux parfums ineffables,
Qui nous font le ciel bleu,
Car s'aimer, compatir aux maux de ses semblables,
C'est réaliser Dieu!

Orgueil humain

L'homme, inventeur du télescope,
Lit dans les profondeurs du ciel
Des beautés, qu'il nous développe.
L'Univers providentiel
N'est plus qu'un infini domaine
Qu'il décrit, assez congrûment.
Mais, pour sonder notre âme humaine,
Il n'a pas encor d'instrument.

Or, découvrant tant de merveilles,
A ses yeux la vérité point.
Aussi consacre-t-il ses veilles
A se prouver que Dieu n'est point.
Semblable au fou, qui se lacère
Pour moins souffrir, apparemment,
Voulant se voiler sa misère,
Il s'aveugle en plein firmament.

Salut, grand homme en effigie,
Savantasse infime, ô géant!
Raisonnant par analogie,
Sans peur, tu conclus au néant?

Le cœur a ses raisons, sans doute,
Mais la science a son devoir :
Si tout est faux, ce dont je doute,
Quelle assise a donc ton savoir?

Qu'il était beau le rêve auguste
De s'endormir, son jour venu,
Bercé par l'espoir d'un Dieu juste,
Ami tardif du va-tout-nu.
Et qu'il était moral le rêve
De se sauver, faisant le bien
Et pardonnant au mal, sans trêve :
Sans un mobile, on ne fait rien?

Ayant ensemencé notre âme
Du virus mortel à la foi,
Par quel phantasme aux yeux de flamme
Feras-tu respecter la Loi?
Par la vertu de ta baguette?
Prends un bâton, Hurluberlu,
Car l'animalité nous guette
Et, Dandin, tu l'auras voulu!

Allons, ta science est surfaite :
Dépouillant ton manteau d'orgueil,

Fais amende honorable, au faîte,
Dieu, paisible, attend ton cercueil.
Raisonne ainsi que moi, simpliste
Devant le blasphème ingénu :
L'imbécile est, donc il existe
L'esprit transcendant inconnu.

L'âge de l'Or

Tant que l'humanité, pauvre et laborieuse,
Vécut frugalement, selon le rit normal,
Un doux espoir chanta dans son âme rieuse,
La préservant du doute et la sauvant du mal.

Hélas! Le règne advint de l'Or aux rayons flaves,
Dont les fiers possesseurs furent divinisés.
De ce jour, grâce au Prince, à ses troupeaux d'esclaves,
Le vice et ses fléaux furent intronisés.

Chacun, faisant sa cour au tyran qui gouverne,
Jeta sa conscience au pied de ses autels.
Et l'on vit refleurir les mœurs de la caverne,
Dans les clans divisés des vaniteux mortels.

Tout se vendit : Honneur, Vertu, Foi, Dieu lui-même.
La Vérité sombrant dans l'artificiel,
L'homme, vil par orgueil, mécréant par système,
Devint l'être effarant que l'on voit sous le ciel.

Idéologue

Le Rêve est un palais pour les déshérités.
Sceptiques insensés, vous ébranlez sa base :
Prêchant vos soi-disant très pures vérités,
Emplissant l'univers des cris de votre emphase,

Jugeant et condamnant, dans vos sévérités,
Les agenouillements, les envols et l'extase,
Vous emmurez mon âme en des obscurités,
Me rappelant par trop que je ne suis que vase.

Or, votre positif, positivement laid,
M'est répugnant, cruel, contraire et me déplaît :
Je veux voir mes laideurs, mais à travers un voile.

Hors de mon idéal, je n'ai jamais eu rien,
Cependant, je prétends jouir de mon seul bien :
Il m'est doux de me voir châtelain d'une étoile.

Indignation

O Mœurs, ô temps où l'âme est la bonne à tout faire
De l'instinct déchaîné, meuglant : Jouir, jouir!
Où l'art se subordonne à la petite affaire.
Où l'idéal des grands est de s'entr'éblouir.

C'est d'un cœur ingénu que sourdra la parole
Qui doit rénover l'homme et sauver la Cité :
Foin du gras Parasite, ayant appris son rôle
Et prêchant l'abstinence à la mendicité!

O Rhéteurs, aspirant au maître-autel du Temple,
Osez donc être pauvre et nous donnez l'exemple
Des vertus qu'il nous faut, et que nous n'avons pas.

Osez être décents, quand vous êtes en scène.
Renoncez aux faveurs de la Vénus obscène,
Et mouillez d'eau du ciel le pain de vos repas!

Aux Semeurs d'Ivraie

Trublions sociaux, prêcheurs d'insanité,
Dont le verbe, affolant l'esprit qu'il contamine,
Erige un mausolée à la moralité,
Sur la fin du labeur instaurant la famine.

De votre immense orgueil montrant la vanité,
J'exalterai l'effort, que le simple abomine,
Mordant au dieu sanglant, sauveur d'humanité,
Dont un folliculaire est l'impudent flamine.

O fous! Le châtiment suivant la trahison,
Le pain que vous volez est pétri du poison
Qui produit la révolte, animalisant l'âme :

Vous prétendez en vain trôner dans l'Agora,
Démuselant le fauve, il vous étranglera,
Jouant avec le feu, vous mourrez dans la flamme!

Morale pratique

Prêcher le bien
Ne sert à rien.
La difficile affaire
Est de nous contraindre à le faire :
« Ne dis jamais : Non! c'est très impoli,
Ni : Je veux cela! ce n'est pas joli. »
Ainsi la Maman reprend-elle
L'enfançon mis sous sa tutelle,
Ajoutant cet avis, de douceur mitigé :
« Si tu n'obéis pas, tu seras corrigé! »
Il faudrait, la morale y gagnerait, sans doute,
Que la Maman suivît l'homme au long de sa route,
Répétant son avis, de douceur mitigé :
« Si tu ne vas pas droit, tu seras corrigé! »
Hélas! sa voix se tait, quand l'enfant devient homme.
L'entendît-il, d'ailleurs, il veut être autonome
Et revendique, avec fierté,
Tous ses droits à la liberté,
Ce qui veut dire, en clair langage,
Qu'il entend ne plus être sage.
La liberté, dont tant parla
Maint orateur, n'est que cela :

Chacun, de bien agir envers tous, étant libre,
Qu'avons-nous tant besoin de liberté pour vivre,
Sinon pour passer outre aux conseils du devoir?
Telle est la vérité, que bien peu veulent voir,
Encor moins la comprendre :
Un prêt qui nous est fait mais que nul ne veut rendre,
Pourrait se définir l'exacte liberté,
Que nous ne demandons avec tant d'âpreté,
Qu'afin d'avoir le droit de la ravir aux autres,
Subordonnant les leurs aux nôtres.
Pour que l'homme fût libre, il faudrait qu'il fût seul,
Encor, est-il soumis, jusques à son linceul,
Aux vils besoins qui font, en lui, rugir la bête.
Mais quand donc la raison lui tiendra-t-elle tête,
Nous ordonnant à tous : Ce que dois tu feras,
Moins tu deviendras libre et plus tu le seras?

Le dompteur et le tigre

Fable livrée aux méditations des Démagogues.

Un dompteur possédait un tigre adulte énorme,
Qu'il avait hérité de ses pairs tout petit.
Jour à jour le dressant, il l'avait mis en forme,
Modérant ses fureurs, réglant son appétit,
Au point d'en faire un vrai caniche,
L'un de ces bons amis qu'on laisse en liberté
Ou que, s'il vous excède, on envoie à la niche.
Pour lui quel sujet de fierté!
Libérer un tel monstre est, à coup sûr, très grave :
Sa cruauté somnole en lui.
Mais l'homme étant robuste et brave,
Il n'appréhendait nul ennui
D'avoir pour commensal cet hôte redoutable.
Si bien que, dans l'intimité,
Il l'admit à l'honneur de manger à sa table.
C'était folie, en vérité!
Bientôt familier, le tigre osa prétendre
Aux morceaux les meilleurs, qu'on ne lui donnait pas.
Cela jusqu'au jour où, ne sachant plus attendre,

Il se servit lui-même et prit tout le repas.
Indigné de le voir abuser de la sorte,
En le traitant d'ingrat, son patron s'affola.
Saisissant sa cravache et lui montrant la porte :
« Va-t-en! » lui cria-t-il. Le félin l'étrangla!

MORALITÉ :

La liberté demande un long apprentissage.
A moins qu'il ne l'emploie à pratiquer le mal,
Chez l'homme, elle est déjà d'un difficile usage.
Mais qu'en peut faire un animal?

La chanson du Parasite

Dans l'assortiment riche et laid
Des humains, grands parmi les bêtes,
Dont la nature se complaît
A diversifier les têtes,
Il est une variété
De vils commensaux de l'Elite
Qui nous menace, en vérité :
Je veux parler du Parasite.

Fainéant,
Rongeur géant,
Qui vis sur nos croûtes,
Fainéant,
Rongeur géant,
A quand ta déroute,
Tisseur de néant?

Ce monstre exista de tous temps :
L'antiquité latine et grecque
En a flétri d'impénitents,
Qui, déjà, prenaient hypothèque

Sur le commun. Mais l'animal
Chez nous devient si prolifique,
Etant né pour servir le Mal,
Qu'il trait au sang la République!

Fainéant,
Rongeur géant,
Qui vis sur nos croûtes,
Fainéant,
Rongeur géant,
A quand ta déroute,
Tisseur de néant?

Toujours affamé, ce rongeur
Veut agrandir sa sinécure,
Etant par instinct ravageur :
Or sus, que Démos se procure
Le bout de chanvre et le linceul
Qui l'affranchiront de sa gène,
Il accapare et pour lui seul,
Tout le soleil de Diogène!

Fainéant,
Rongeur géant,
Qui vis sur nos croûtes,

Fainéant,
Rongeur géant,
A quand ta déroute,
Tisseur de néant?

Que si chacun, faisant son nid,
Moissonnait aussi sa javelle,
Par le labeur, que Dieu bénit,
La vie, alors, deviendrait belle.
Le pain serait comme un gâteau
Que l'on s'offre, aux jours de visites,
Et le gueux aurait son château.
Mais nous avons les Parasites.

Ménage moderne

Afin de préserver ses longs doigts élégants
Du répugnant contact des choses que l'on mange,
Madame Durantin, s'il vous plaît, met des gants
Pour cuisiner les œufs sur le plat, repas d'ange

Qu'elle et son veule époux, las des mets fatigants
Du restaurant banal, qui d'eux-mêmes les change,
Prennent au trot, hantés des jeux extravagants
De leurs pairs, qui leur sont un plaisir sans mélange :

Pleurons ensemble, ô France, avec tes vieilles mœurs,
La vaillance au devoir des Femmes en allées,
Que nous font regretter leurs filles, affolées

Par l'orgueil effréné d'une époque en rumeurs.
Pleurons et déplorons que l'Etre, en qui Dieu pense,
Devienne un plat valet du sexe et de la panse!

A Vénus dévastatrice

Le vice intronisé nous étant insolent,
Muse, idéale Amie, à deux nous consolant
Des fous, sois mon inspiratrice :
D'un lourd flot d'amertume allégeant mon vieux cœur,
Je veux improviser un chant au ris vainqueur
De la Vénus dévastatrice.

Clinicienne impure, ô prostitution,
Maintenant érigée en institution
Et d'opprobre et de vésanie,
Je ne t'exalte point : Dissimulant au jour
La hideur de ton geste, anathème à l'amour,
Croupis dans ton ignominie.

Vous n'aurez pas non plus les honneurs du pavois,
Mères à l'abandon, amantes dont ma voix
Dira les candeurs éminentes,
Vous, que l'orgueil bourgeois cloue à son pilori,
Bien que vous œuvriez, d'un ventre endolori,
Aux hécatombes imminentes,

L'hétaire au front serein que j'entends célébrer
Afin de la flétrir, c'est toi qui sus cambrer
Tes reins de faunesse admirable,
Eternelle Androvore au baiser dépravé,
Dont le faste inouï fut toujours prélevé
Sur le quignon du misérable.

L'Univers évolue à tes pieds, Dalila :
Travaux, progrès, malheurs que la guerre assembla,
A tous en servant part entière,
Famine aux doigts noueux étranglant les petits,
N'ont qu'un but : Assouvir tes royaux appétits.
Je te salue, ô Fille altière!

Tu naquis d'un aveu, par Servine échangé
Contre un serment du Toine : Or ayant vendangé,
Le suc du fruit chéri des merles
Les induisit, un soir, en douce volupté.
Heureux les ingénus, ils font de la beauté
Comme les huîtres font leurs perles!

Ainsi prédestinée, en gardant les oisons,
Tu grandis. Dénombrant les brèves pâmoisons
D'un fier coq, subjuguant ses poules,

Et jugeant qu'en dehors de cela tout est vain,
Tu songeas gravement qu'il te serait divin
De coqueter parmi des foules.

Tes quinze ans révolus, par la ville attirés,
Fleurirent en attraits. De Géronte admirés,
Tes yeux, si purs qu'il les crut chastes,
Devinrent un miroir à viveurs. Grâce à lui,
Tu te réalisas, Circé fauve. Aujourd'hui,
Paris t'étreint de ses bras vastes.

O tout-puissant pouvoir d'un corps souple, animé
Du sensuel délire, adroitement mimé
Par une infernale artisane,
Qui prouve aux parvenus le néant des grandeurs,
Les tenant prosternés devant ses impudeurs!
Tel est ton art, ô Courtisane!

Ton triomphe est l'histoire. En traits de sang humain,
Elle écrit ta légende et fleurit son chemin :
Des Pharaons du temps biblique
Au ploutocrate, osant les contrefaire encor,
Rien n'a jamais changé de l'affligeant décor :
Démos est toujours famélique.

Tu règnes. Ton hôtel est un nid spacieux.
Reporter dit ta table, au surtout précieux,
Ses mets choisis, féconds en chyle,
Ton lit bas, dithyrambe à Cupidon charnel,
Il va jusqu'à ton meuble intime, et solennel,
Primant le bouclier d'Achille.

Ton esprit moud l'oracle et fleurit le bon mot.
L'ouvrière asservie, endormant son marmot,
S'éjouit au vu de tes danses,
Certains quotidiens, vraiment confraternels,
T'illustrant à côté des fameux criminels,
Ces conquérants des décadences.

On jalouse à l'envi l'éclat de tes rubis,
Evoquant une onde où, les zéphyrs assoupis,
Se mire un soleil qui rougeoie.
Les sots, dont un vain lucre est l'obsédant souci,
Vont te prônant : « A-t-elle assez bien réussi? »
Je ne saurais goûter leur joie.

Assez longtemps l'erreur nous tint agenouillés
Devant trop de faux-dieux, dont les temples souillés,
Du stupre infect sont la sentine.

Le vice est le poison dont meurt l'humanité.
Lorsqu'elle se dévoue à la maternité,
Oui-da toute femme est divine.

Il faut, par la contrainte accouchant la raison,
Déclarer Mineur l'être affamant sa maison
Afin d'éterniser l'Empouse,
Dont l'animal hybride est le sombre attribut :
L'amour ne doit pas être un moyen. C'est un but.
L'honneur doit aller à l'épouse.

A l'Eve génitrice et vaillante, au cœur droit,
Dont a besoin la France, aux fins d'un nouveau droit
Qui ne soit point une chimère,
Mais le statut moral des Peuples triomphants,
Qui se font respecter par leurs nombreux enfants.
Salut, Vénus féconde, ô Mère!

Ballade des Dames du temps présent

O femmes en miniature,
Qu'un esprit aberrant moula
Sur une Artémis hors nature!
Mais quel vent d'erreur l'affola?
Ne pouvant aimer qu'en peinture
Eve ainsi faite, il l'affubla
D'un visage à baiser-mixture :,
Qu'il est laid le temps que voilà!

Toutes vous, que l'orgueil facture
Et que l'envie ensorcela,
Qui vivez en caricature,
Serves du tyran Falbala,
Ne rêvant que belle aventure,
Sacrifiant au Tralala,
Vous supprimez la géniture?
Qu'il est laid le temps que voilà!

Vierge échappée à l'imposture,
Toi, que ton âme ardente aila,
Ne connais rien de leur torture,
Elève ton cœur au delà.

Ne sois pas le livre en lecture
Qu'à loisir chacun macula :
L'amour saint berce en sépulture.
Qu'il est laid le temps que voilà!

ENVOI :

Prince, oh! sois grand : Charge et capture
Le luxe, effroyable Attila
Décimant la France future.
Qu'il est laid le temps que voilà!

Eve détraquée

O poupée, ô merveille, ô vivante peinture,
Androgyne inféconde, Eve en caricature,
Qui de cynisme fais état,
T'offrant au plus dément des serfs de ta folie,
O toi, la plus baroque, ô toi, la plus jolie
Des fins du papier-potentat!

Insurgée, aux devoirs que définit Chrysale,
Ton dictamen s'oppose, en traits profonds s'exhale :
« L'amant rêvé, c'est l'autre amant! »
Car, sur Ibsen jurant, tu prétendis prétendre
Pleurnicher ton roman? Pauvre enfant, qui dois prendre
L'amour comme un médicament!

Et, fleur d'impur désir au parfum délétère,
Afin de te prouver vos droits à l'adultère,
Tu te prends pour vice-étalon,
Avec l'espoir secret de t'endormir charnelle,
Quand tu ferais si bien en momie éternelle,
Sous globe mise, en ton salon.

« Les devoirs envers soi ne sont pas un vain thème :
Je me donne un tel mal à m'adorer moi-même,
Voulant immuniser ma chair
Contre l'odieux venin du baiser, qui déforme,
Que mes jours sont remplis par un labeur énorme,
Afin de rester svelte, ô cher! »

Ses sentiments moraux? A l'avenant. La mode
Est le dieu très changeant, dont elle s'accommode
Avec infiniment d'esprit!
L'esprit a les ressauts de la mer furibonde
Et, par le temps, comme elle, engloutira le monde,
D'où le bon sens paraît proscrit.

Détraquée orgueilleuse, ô troublante sylphide,
Conjuguant au passif ton verbe aimer perfide,
Tu fais le mal un peu pour voir
Jusqu'où te conduira ta névrose? O perruche!
Des malheureux, dont tu seras la coqueluche,
Qui donc t'apprendra le devoir?

Oui, qui, t'administrant la fessée, ô sirène,
Te fera femme, enfin! consciente et sereine
Devant l'algèbre à déchiffrer
Qu'est la vie aujourd'hui? Mais qui te rendra mère,
Pour ton bonheur, jeunesse étant rose éphémère?
Oh! le bel hymne à lui fifrer!

A une gravure de mode animée

Je ne reconnais pas en toi, femelle eunuque,
Dont un vent de folie a dénudé la nuque
Et masculinisé le corps, pal de l'amour,
La Femme, épouse, amante et mère tour à tour.

Tu n'es point, ainsi faite, androgyne équivoque
Au regard effronté, celle que l'homme évoque,
Epris de vie à deux, dont il rêve éveillé,
Par son charme idéal, conquis, émerveillé.

Aérant ton cerveau comprimé de poupée,
Uniquement de fards et de mode occupée,
Redeviens une fleur de saine humanité :

L'hymen n'est pas le jeu que ton âme imagine,
Devant justifier de sa noble origine,
Il veut de larges flancs pour la maternité.

Memento-Mori

Pensez-vous, quelquefois, qu'un jour cruel viendra,
Jour entre tous terrible
Et craint du Preux lui-même, où la Mort s'étendra
Sur vous, incube horrible?
Que votre moi sensible, assez mal endurant,
Dont la morgue est extrême,
Subira son baiser frigide et torturant
Jusqu'au frisson suprême?

Pensez-vous, quelquefois, qu'en un tombeau profond,
Usant comme une meule,
Plutôt étroit d'entrée et très bas de plafond,
Vous irez dormir seule?
Que vous devrez permettre aux descendants nombreux
Des mouches curtonèvres,
Le suc de votre chair les rendant amoureux,
De téter à vos lèvres?

Pensez-vous, quelquefois, que vos charmes tiendront
Dans un peu de poussière?
Que, de tous vos amants, nuls ne se souviendront
De la grâce princière

Qui fut la vôtre, étant, eux aussi, devenus
Cette chose passée
Que nous deviendrons tous : Empreinte de pieds nus
Sur le sable effacée?

Pensez donc, quelquefois, Madame, à tout cela,
Vous deviendrez meilleure,
Vis-à-vis de vous-même et de ceux qu'affola
Votre raison mineure.
Vous deviendrez meilleure et, matant votre orgueil,
Devant lequel tout ploie,
Vous daignerez songer à ceux dont le cercueil
Est la première joie!

Hymne à la Femme de demain

Mon hymne ira vers toi, Sérénité du monde,
O Vierge, inspiratrice idéale et féconde,
Aux maternels penchants,
Comme au ciel vont les chants
Des oiseaux éperdus, gris d'amour et d'air libre,
Célébrant Dieu, la vie et leur plaisir de vivre.

Vers toi, dont le grand cœur sut toujours apaiser
L'angoisse de ta chair, sous le miel du baiser
Subodorant l'absinthe,
Vers toi, Mère, ô très sainte,
Qui vis stoïquement, te résumant ton sort :
Défier la nature en son œuvre de mort.

Sous ta gracilité d'enfant surnaturelle
Découvrant ta vaillance, ô vaincue éternelle,
Qui, dans tous nos combats
Nauséeux, te débats,
Je dirai ce qu'il faut d'héroïsme à ton âme
Pour ne point succomber aux mœurs d'un temps infâme.

Vain rapsode, inadmis à tenter le bonheur
De la vie avec toi, j'exalterai l'honneur
De partager ta couche :
Oui, le suc de ta bouche
Est un nectar divin, réjouissant le cœur
De l'homme élu par toi. C'est le vin du vainqueur.

Toi seule es, fus, seras à jamais désirable,
Toi seule à tous souris, toi seule es désirable,
Epouse, entends-tu bien?
Tout le reste n'est rien :
Il n'est pas un frisson voluptueux, qui vaille
Ton baiser, par quoi Dieu se révèle et travaille.

Cependant la coutume, éternisant l'erreur,
Nous brûlons notre encens le plus pur, dans l'horreur
Du vice et du mensonge.
Oh! le piètre et vil songe,
Dont ton premier aveu nous fait un repentir,
Et que nous voudrions pouvoir anéantir.

Qu'épelant la luxure à Géronte, aux éphèbes,
Phryné puisse amasser de quoi rebâtir Thèbes,
En Paros, si tu veux,
Va, fais de plus beaux vœux :

Ne crois point, l'imitant, devenir immortelle,
Non, sa gloire est d'avoir inspiré Praxitèle.

Va sans voir nos Laïs, leur orgueil exultant
Lorsqu'il peut t'écraser sous un luxe insultant,
Revanche d'avilie.
Nouvelle Cornélie,
Songe aux seuls vrais bijoux : Leurs joyaux prétendus
Sont le prix infâmant de leurs charmes vendus!

La plus infime esclave, achetée une mine,
Dont le fils, bravement, périt à Salamine,
A, pour l'humanité,
Par sa maternité,
Fait bien plus, en dépit de féroces contraintes,
Que toutes les Beautés de toutes les Corinthes.

Va sans voir, attendant qu'à l'horizon vermeil,
Sortant du séculaire et morbide sommeil
Où la tint l'ignorance,
Pure fille de France,
La vérité surgisse, au dam des cœurs étroits,
T'instaurant, respectée et superbe, en tes droits.

Espérant ce jour proche, aime, épouse et sois mère :
C'est la verte oasis, dans la vie éphémère,
Où ton charme ayant fui,
Tu trouveras l'appui,
De la Mort escomptant les sinistres présages,
Du devoir accompli, mol oreiller des sages.

Aime, épouse et sois mère. Inculque à tes enfants
Les principes qui font les Peuples triomphants,
Par les hommes robustes,
Donc paisibles et justes.
Préparant l'âge humain, par ta grâce innové,
Que l'Amour nous subjugue et le Monde est sauvé.

Les Français de la décadence

Le Français moyen de la décadence,
Trouvant cher l'honneur d'être un bon Français,
Emprunte à chacun : A l'orang, sa danse.
Au noir, ses soldats. Au fou, ses accès.
Ayant renié ses dieux tutélaires :
La raison lucide et le clair bon sens,
Il boude aux impôts, devoirs séculaires,
Jetant au plaisir ce qu'il vole au Cens.

Le petit Français de la décadence
N'a qu'un seul désir : Singer le bourgeois.
Confondant richesse avec abondance,
Il aspire à l'heur du bon villageois.
Les champs, leurs travaux, c'est trop monotone :
Le seul vrai plaisir consiste à rêver.
Tandis qu'à la ville, en joie on mitonne.
Et quel idéal : Boire, aimer, cuver!

Quant au grand Français de la décadence,
Gaîment, s'aveuglant devant le danger,
Que rend imminent sa folle impudence,
Il s'avère en tout bête à le manger!

Alors qu'il devrait, prêchant par l'exemple,
Enrayer l'orgueil, ce malheur croissant,
Au luxe immoral élevant son temple,
Il exalte encor le vol florissant!

Poète et Français de la décadence,
Emu, je t'implore : Accours, Pauvreté!
Que ton fils, Labeur, soit leur providence :
L'homme est-il à plaindre, ayant la santé?
Intronisant l'Or, dieu pris aux sauvages,
Ils en ont aussi contracté les mœurs,
Qui font dans nos rangs de cruels ravages,
France, et c'est le mal affreux dont tu meurs!

Au Temps

O Temps, vieillard blasé, qui cours et vis sans joie,
Depuis que, l'Idéal étant chu, sur ta voie
Il n'est plus que la Mort, qui nous crie : A demain!
Sa faux, d'un acier pur, rutilant dans sa main,

N'es-tu point indigné, devant l'homme aussi fourbe,
O toi, qui, présidant aux excès de la tourbe,
Vis tant évoluer la pauvre humanité,
Sous le dur éperon de son insanité?

Le cri des malheureux, qu'étreint la Misère orde,
Du jour préhistorique, où végétait la horde,
Au siècle humanitaire, enfantant des discours,
N'a-t-il jamais atteint l'orbe immense où tu cours?

As-tu songé, voyant les attentats sans nombre
Que subit l'âme, en butte aux partisans de l'ombre,
Qu'elle allait s'affaler, vaincue, un beau matin,
Abandonnant la brute à son navrant destin?

Est-ce pour fuir cela que tu t'en vas si vite?
Ou bien si, nous voyant résister à l'invite
D'un espoir ascendant, qui nous fait belle part,
Tu veux nous ramener aux horreurs du départ?

Sceptique ironisant, désabusé toi-même,
Rêvas-tu de nous voir sombrer dans le blasphème,
Descendant, pas à pas, vers l'avilissement,
Comme un chien qui retourne à son vomissement?

Va donc, reprends ta marche! Accélérant ta fuite,
Flétris dans leur Avril les fous, dont la conduite,
Usant leur belle ardeur dans les jeux et les ris,
N'a su que t'inspirer ton insolent mépris!

Vole, ô vieillard blasé, sans retourner la tête,
Circonvenant ainsi l'âge affreux de la bête,
Où, chacun prétendant se gouverner lui seul,
La Force, au Droit humain, tissera son linceul!

Complainte de l'Humanité

Lamentable humanité,
Ta sénile insanité
Nous conduit au précipice!
Comment, tu n'aperçois pas
L'abîme ouvert sous nos pas?
Vite, érigeons un hospice!

Fais-toi mettre au cabanon.
C'est moins cher que le canon
Pour en finir au plus vite.
Ou, mieux : Généralisant,
Prends le démoralisant
Procédé du Moscovite!

Humanitarisme au sang,
Tu deviens si menaçant
Que chacun fourbit l'épée,
Dont les feux luiront au jour
Du fameux tournoi d'amour
De la prochaine épopée!

Soyons gais, les condamnés
A périr époumonés
Par la nouvelle ypérite,
Dont de vénérés savants
Sursatureront les vents,
Gagnant la croix du mérite!

Je te salue, ô Progrès,
Dont la Science, en congrès,
Nous dépeignit l'orbe immense!
Ayant perdu la raison,
Seul un foudroyant poison
Guérira notre démence!

Mais qu'il agisse en tout lieu :
L'homme est une erreur de Dieu,
Dont il faut purger le globe,
Afin que, dans le ciel pur,
Bleu d'un immuable azur,
Sourie une idéale aube!

Civilisés

Tous deux promenant leur santé,
Au froid, au chaud, l'hiver, l'été,
D'un pas lent, mesuré, tranquille,
On les trouve à tout coin de ville :
L'homme, un poussah, rentier craintif,
Tirant, traînant son chien rétif,
Toutou que sa pléthore oppresse.
Et tels, sans but, ils vont, sans presse,
Vils flagorneurs, gros et petit,
De ce tyran, leur appétit,
Craignant, de la table à la table,
Bien qu'éclatant de confortable,
De ne jamais assez manger!
Tout penser autre est étranger
A leur grande âme inaccessible
Au vain tourment du Bien possible :
Ils sont couverts, gel, pluie ou vent?
Ils dorment aussi, s'observant,
Sans un cauchemar d'héroïsme
Au zénith de leur égoïsme :
Quel couple aimable et confiant!

Et qu'il est donc édifiant
De contempler ces Boniface,
Heureux quoi que devienne ou fasse
La contingente humanité!
Tous deux promènent leur santé.

La grande pitié de l'Homme

Le singe évolué, jeune encor, joue aux courses :
Auprès d'un hippobote amène il s'est instruit,
Se devant d'augmenter à tout prix ses ressources,
L'homme n'étant jaugé que sur son usufruit.

Vingt ans! Avril frivole entend chanter les sources,
Exaltant la beauté du premier nid construit.
— Poésie! Ecoutez les rumeurs de la Bourse,
Où l'Inspiré circule, à l'affût d'un faux bruit!

Le veule épicurisme, affreux cancer de l'âme,
A fait de trop d'esprits, que rien de pur n'enflamme,
Un foyer qui charbonne, où l'idéal s'éteint.

Quel air pur, embaumé par l'édelweiss des cimes,
Pour nous régénérer, nous rendra simplissimes,
Matant le fol orgueil dont nous sommes atteints?

Matérialisme

Le matérialisme a trucidé l'amour :
Roger n'est plus rêveur aux pieds de Bradamante.
Positif, il lui dit, simplement : « A quel jour
Fixons-nous le plaisir d'être à nous, ma charmante? »

Le geste étant fatal, pourquoi prendre un détour,
Que le désir, poète admirable, agrémente
De ses plus belles fleurs de tendresse et d'humour,
Divinisant l'autel où trônera l'amante?

O lendemains brumeux des nuits sans idéal,
Où l'homme, obéissant à l'instinct linéal,
Qui le fait s'abreuver de sensuelle ivresse,

Choit de son rêve ainsi que l'on sort d'un bain froid,
Cependant que son âme, étouffant à l'étroit
Dans sa prison de chair, crie au ciel sa détresse!

Fleur de scepticisme

Je suis celui qui passe et que rien n'intéresse :
L'Amour est un roman que ma concierge a lu,
La Femme, une poupée à subir la caresse,
Le Baiser, une coupe où l'avarie a bu.

Infliger l'existence à l'être est, il me semble,
Un crime, aux yeux de qui le subit, offensant.
Evoquant mes auteurs responsables, je tremble,
D'autant plus furieux que j'étais innoncent.

Je suis maudit : La guerre a vomi mon cadavre,
Me rejetant à la fastidieuse paix,
Et je me désespère et pleure, et je me navre
De voir cueillir des fleurs dans la vie où je pais.

Allant mon chemin noir, tout m'est laid, insipide :
Si je rencontrais Dieu, je lui dirais son fait!
Mais il se cache, ayant peur qu'on ne le lapide :
Le monde, ainsi qu'il est, n'est-il pas un forfait?

Et, marchant vers la tombe à pas comptés, je pense :
A quoi donc rêvait-Il, perpétrant l'Univers?
Mais à qui fûmes-nous promis en récompense :
Peut-être, l'homme est-il un régal pour les vers?

Rêve donjuanesque

Un dieu m'est apparu dans mon sommeil. Sa face
Avait les traits altiers du Jupiter tonnant,
Frappant de ses carreaux, fulgurant dans l'espace,
Les Titans orgueilleux, ses rivaux :
« Profanant
Le retrait, que j'avais élu pour domicile,
Ton cœur, tu le livras au Plaisir, vil autour
Dont la salacité vit d'un bonheur facile,
Alors que tu devais ne l'ouvrir qu'à l'Amour.
Me dit-il.
Or, je veux te donner un exemple
De longanimité, qui te réjouira :
Rassemblant ses débris, rebâtis-donc mon temple
Tel qu'il fut, la jeunesse en toi refleurira. »
Aussitôt, dans mon rêve évolua ma vie :
Dénombrant les aveux, que j'avais murmurés
Dans l'exaltation de ma chair, allouvie
De frissons sensuels, divins d'être espérés,
Je revis les beautés, dont je fus idolâtre
Durant l'instant, si court, qu'il faut pour apaiser
Un désir inconstant dans l'âme, opiniâtre
Quand l'instinct meugle en elle, affamé du baiser.

Je les revis :

« O toi, fleur de mes premiers songes,
Qui me volas mon cœur d'ingénu suppliant,
Rends-le-moi, dis-je à l'une, ils n'étaient que mensonges
Mes serments de jadis. »

« Vraiment? »

Et, souriant,
Elle me décrocha cette ironique injure :
« Va, serrons-nous la main, je te mentais aussi! »
Et s'en alla narquoise.

Etait-ce une gageure?
J'allais savoir.

A l'autre. Et je m'y pris ainsi :
« Tu m'es venue, Amie? Alors, vais-je te rendre
Ton cœur qui, dans le mien, pantelle à ton insu. »
« Mon cœur? Je n'en eus point! »

C'est navrant à comprendre :
Bien qu'ayant tout donné, je n'avais rien reçu.
O louves de l'amour, dont la caresse experte
Allécha ma candeur par ses ébats ardents!
Au vent des sommets purs, m'ensauvant de ma perte,
Que ne puis-je oublier vos gestes obsédants?
Tunique de Nessus, lentement corrosive,
Empreinte des langueurs dont vous nous consumez,
Lorsque vous nous prouvez, par votre ardeur lascive,

Que vous n'aimez que vous dans ceux que vous aimez!
Nous rejetant, déçus, à la vie insensée
Qui nous mène, assailli de remords, au tombeau,
Sans le doux souvenir, fixant notre pensée,
D'un hymen idéal, rassérénant et beau.
Je sortis de mon rêve accablé par le nombre
De mes aveux charnels, fleuris d'inimitié,
Tandis que, les sourcils toujours froncés, dans l'ombre,
Le dieu me foudroyait d'un regard de pitié.

La Nuit

La Nuit, dont les yeux d'ombre ont des reflets d'étoiles,
Qui préside aux ébats des vivants en tout lieu,
De ses regards aigus transperçant tous les voiles,
Sait leur ignominie et en témoigne à Dieu.
Sous le flot déchaîné des passions humaines,
Découvrant le désir d'éluder tout devoir,
Elle songe, écoutant nos cris de fureurs vaines,
Que la raison sereine est sur nous sans pouvoir :
— Oh! les fous, gémit-elle, ils ont fait de leur vie
Un sabbat indécent qui les mène au tombeau,
Instaurant l'instinct-roi dans leur âme asservie,
Quand leur chemin, si court, pourrait être si beau,
Fleurissant la Bonté, qui résout le problème
Du nécessaire à tous, avant tout superflu.
Mais, hélas! chacun d'eux, s'emmurant dans lui-même,
Le cupide égoïsme est leur dogme absolu :
« Sur quel mol oreiller reposeront vos têtes,
Si vous êtes passés, ô viveurs songe-creux,
Ne rêvant que festins, jeux sensuels et fêtes,
Sans daigner compatir aux maux des malheureux? »

Frissonnant aux frissons de la chair en délire,
Quand les époux, unis par l'idéal lien,
Dans leur communion vibrant comme une lyre,
Se grisent du nectar que le pauvre a pour rien,
Elle entend les soupirs de surhumaine ivresse,
Aux couples arrachés par l'amour triomphant,
Dans les vagissements plaintifs de leur caresse,
Discernant l'Avenir, dont c'est le cri d'enfant :
« Chante, Avenir au front de riante jeunesse,
Qui, des fleurs à la main, nous vient superbe et grand!
Chante et qu'à tes accents la fraternité naisse,
Comblant qui la désire et la prépare, œuvrant.
Chante et prouve au méchant que le vice est un leurre :
N'adorant que lui-même, il est encore dupé! »
Mais, entendant gémir, brusquement elle pleure,
La Nuit, qui voit au mal tant de monde occupé :
Des sevrés du bon sens, s'inspirant dans l'envie
Qui les fait dériver, voici le bataillon :
Blasphémant : Ce qu'on vole est à moi, dans la vie,
Chacun d'eux met à sa conscience un bâillon.
Horreur! les voyez-vous, se défilant dans l'ombre,
Résolus, prêts au pire, un browning dans la main?
Tous les déments, dont nul jamais n'a su le nombre,
Adorateurs de l'Or, n'ont que le nom d'humain.

Prenant l'exemple en haut : Ne rien faire et bien vivre,
Croyant que le bonheur s'achète avec l'argent,
Ils tuent, et des tourments Guillotin les délivre!
Et voilà le troupeau du cynisme indigent,
Racoleur effronté du plaisir au front blême :
Il vit encor le Sphinx, pour la vertu mortel,
Aux filles de Misère, imposant le dilemme :
La famine où la rue et son fétide hôtel!
Car la Faim, qui connaît ses droits, les revendique :
L'heure de manger sonne et sonne tous les jours,
Sonne en accentuant, lugubre et fatidique,
Chez les pauvres, que Dieu n'a pas fait naître sourds.
Oh! que ses arguments sont vifs, durant la lutte :
L'instinct du vouloir-vivre est un fameux rhéteur!
Et, de la condamnée amortissant la chute,
Le désir bien disant lui sourit, prometteur.
Quel envers infamant des vanités bourgeoises :
L'étudiant obtient le plus grand des succès.
Ils sont jeunes et beaux, de manières courtoises,
Enfin, du restaurant modeste ouvrant l'accès,
Ce sont de vrais Messieurs, dont la commise est folle,
Leur maintien la changeant du hideux paternel,
Sombre ilote abruti, que la manie affole
De célébrer son Dieu dans l'alcool éternel.
Et ce premier amas constitue une élite.

Après vient la victime, assez simple au total,
Du modeste ouvrier, révolté qui milite
Pour l'amour libre; et donc pour la femme à l'étal.
Et c'est l'amer rebut des amours passagères,
Des baisers mûrs, cueillis dans l'opportunité
Du désir, avec des promesses mensongères,
Conduisant au ruisseau par la maternité.
Tout le déchet criant des lâchetés de l'homme,
Qui, vaniteux voulant n'avoir pas l'air d'un sot,
S'amuse aux moindres frais, s'imaginant, en somme,
Que l'honneur se mesure au chiffre de la dot.
Et jamais nul d'entre eux, dans l'ivresse éphémère
Qu'il vécut, dévorant ce fruit d'amour volé,
Ne songea qu'il avait une sœur, une mère,
Et que, de leur opprobre, il serait désolé.
S'acharnant sur l'enfant qui naît pauvre et jolie,
Le malheur la signale aux désirs des heureux,
Qui, leurs sens assouvis, se dorant leur folie,
S'excuseront, disant qu'ils étaient amoureux!
Or, les droits de la Femme étant encor à naître,
Tout séducteur devient un malfaisant dément,
D'autant plus dangereux, qu'il peut tout se permettre :
Tout est permis à qui peut tout impunément.
Mais, devant la hideur de ce navrant spectacle,
Négateur acharné de tout progrès humain :

La Femme, être d'élite et vivant réceptacle,
Oserons-nous encore espérer dans demain?
Oh! que d'efforts perdus de penseurs émérites!
Après un aussi long passé, ce crime errant
Pour le délassement de pourceaux hypocrites?
Rien ne nous rend meilleurs et c'est désespérant!
Et la Nuit, qui d'horreur semblait être figée,
Par le mal excessif, qu'elle voit de tout près,
Va s'enfuir devant l'aube, et sa voix affligée,
Semblable au vent d'hiver pleurant dans les cyprès,
Se lamente émouvant les bêtes et les choses :
« Vous avez cru dans l'homme, ô Seigneur, le créant.
Et du mal et du bien, dont vous savez les causes,
Vous lui laissiez le choix : Il s'est fait mécréant,
Afin de s'affranchir du devoir. L'épouvante
De la Mort, le rejette à la brutalité
Des désirs fous, hurlant dans son âme émouvante,
Désirs où transparaît son immortalité.
Il convoite au delà de tout ce qu'il peut vivre,
S'approchant de sa tombe à chacun de ses pas :
Pitié pour lui, Seigneur, vous l'avez laissé libre,
Espérez, sans appel, ne le condamnez pas! »
Ainsi va s'exprimant la Nuit, aux légers voiles,
Qui préside aux ébats des vivants en tout lieu,
Dont le regard s'éteint à l'heure où les étoiles
Saluent, en clignotant, la lumière, œil de Dieu.

Misère

De tous les animaux, par leurs dons remarquables,
— D'instinct au joug rétifs ou nés domestiquables, —
Valant qu'on leur témoigne un intérêt sans fin,
De tous, l'homme est le seul pouvant mourir de faim
Devant ses compagnons attablés, sans qu'un geste
Des tourments de son cœur indigné manifeste,
Ni qu'un cri menaçant de révolte, à l'endroit
D'un glouton moins agile, ou d'un plus maladroit,
Exprime à tous : « Du fait seul de mon existence,
Je revendique aussi ma part de subsistance! »
Et non que son couvert par oubli soit omis,
Au banquet nécessaire, où l'aspic est admis :
La Nature a prévu le pain de tout le monde.
Mais parce que le Droit sur cet abus se fonde :
L'un thésaurisant, l'autre est privé de manger.
Dérision!

Quel art, au sophisme étranger,
De ce trait surhumain dépeindra l'héroïsme,
Stigmatisant au front l'impudent égoïsme
Assez vain pour tenter la Misère, étalant
Au nez des Meurt-de-faim son bien-être insolent?

L'hiver sévit. Le ciel, obstinément maussade,
Où tant de vœux ardents, platonique ambassade,
D'un Dieu, figé dans sa biblique inimitié,
Vont inutilement implorer la pitié,
A déroulé l'ampleur de ces voiles magiques
Qu'il revêt, s'endeuillant, pour jouer les tragiques :
Alors, soit que la Mer en courroux jette au vent
Les cris des marins, morts en son giron mouvant,
Afin que, Barde aigri des amours déflorées,
La nuit, il les chantonne aux veuves éplorées.
Soit que le gel, bourreau des va-nu-pieds maudit,
Sur les vieillards sans gîte et les enfants sans nid,
S'acharne. Ou que la pluie, en Méditerranée
Transformant les guérets, pour une longue année,
Mesure aux gueux leur pain,
perdu dans ses désirs
D'être ayant le pouvoir d'alterner ses plaisirs,
Le Riche, aveugle et sourd, se claustre.

En sa masure,
Transi sous un tricot que ventousa l'usure,
Bonhomme exaspéré tristement réfléchit :
S'éreinter au labeur, qui jamais n'enrichit,
Que le zéphyr chante ou que la bise grommelle,
Ces longs jours exceptés où le Diable s'en mêle,
C'est son affaire : Il n'a jamais fait que cela.

Mais écouter gémir les enfants, qu'affola
Cette contrainte : Un jour ou deux, par aventure,
Danser devant la table et serrer sa ceinture.
Mais, n'ayant nulle proie à jeter à leur faim,
Les entendre ardemment vous seriner : « Du pain! »
Et cela du matin jusqu'au soir, et sans trêve,
C'est vraiment trop!

Hier encor, c'était un rêve; :
Ils allaient à l'école — en quel état : pieds nus! —
On geignait seuls avant qu'ils fussent revenus.
L'instituteur, voulant ne pas être complice
De leur meurtre, a rempli le douloureux calice,
Disant, sur un ton sans réplique, aux trois marmots :
« Petits, ne venez plus sans avoir de sabots! »
Ils sont là, leur voix grêle au silence contrainte,
Maintenant, si chétifs, dans leur commune crainte
Des : « Assez! » que la Mort même a pitié d'eux,
Puisqu'ils sont là, pleurant sans y penser, hideux,
Le front près du journal, qui leur tient lieu de vitres,
Que la pluie ajoura de ses molles élytres
Et par les yeux duquel ils voient :

A l'horizon,
Là-bas, dans un nid vert, cette image en maison,
Dont on peut dénombrer les oblongues fenêtres,
Aux volets gris frais peints, c'est le château des maîtres.

O douceur d'un soir tiède inspirant les grillons!
Le nuage, échappé de trois longs pavillons,
Qui décèle un bien-être à raviver leurs larmes,
Monte et va dire à Dieu que Décembre a ses charmes,
Témoignant faussement que tout est bien ainsi :
« Oh! se claquemurer, quand on n'a nul souci!
Devant l'âtre au feu clair, qui pétille et flamboie,
Se grouper en famille et savourer la joie
D'être au chaud, l'estomac satisfait. O! le chant
De l'aquilon, combien poétique et touchant,
Quand on l'écoute, alors que ses griffes sont neutres,
D'un salon où l'hiver n'entre qu'avec des feutres!

Mais, voici qu'apparaît sur la route, au détour,
La Maman qui, docile aux voix de son amour
Pour sa nichée, a pris ce lourd devoir pour elle :
Aller frapper au cœur des châtelains. Cruelle
Et téméraire audace, où le siën l'appela.
Le réveil dissipant un cauchemar! Cela
Déride et rassérène un peu leur mine louche.
Les enfants ont déjà la salive à la bouche;
C'est bien un pain qui bombe ainsi son tablier?
Bonhomme est souriant, car tout va s'oublier,
Si le maître a daigné consentir quelque avance :
Son ardeur au travail garantit sa créance?

Bast! On se lèvera plus tôt que le soleil
Durant quelques beaux jours pour s'acquitter.

Réveil
De ses rancœurs : Tout ment, l'espérance est un leurre!
Sa femme est devant lui, qui se désole et pleure,
Inconsolable!
Alors, tandis que les petits
Sont au déchaînement de leurs gros appétits,
Indigné, d'une voix contenue à grand'peine,
Ne comprenant que trop, il dit, tout d'une haleine :
« As-tu dit notre affreuse misère? As-tu dit
Que, sans pain, sans argent, sans le moindre crédit,
On souffre? Aussi, qu'à moins de se manger l'un l'autre,
Nul malheur n'est possible, aussi grand que le nôtre?
As-tu dit que, dans peu, tout lui serait rendu,
Que je bûcherais ferme? Et qu'a-t-il répondu »
Lamentable, étouffant ses lourds sanglots, sa femme,
La main haute et jurant, farouchement proclame :
« Jamais plus je n'irai, dussé-je d'un couteau
Vous partager ma chair, quémander au château!
M'adressant tour à tour au maître, à la maîtresse,
J'ai dit nos trois enfants pieds nus, notre détresse.
Lui m'a fait, sur le ton que tu lui connais bien :
« Mais vous savez fort bien que je ne vous dois rien,

Enfin? Que sous prétexte ou de gel ou de neige,
Le village entier vienne à ma porte, en cortège,
M'exaltant sa misère et demandant du pain,
Devrai-je le nourrir? J'entends : Vous avez faim,
Faim d'une avance encore. Oh! cela me révolte!
Le bon Dieu m'en fait-il, à moi, sur la récolte?
C'est clair et bientôt dit. Mais, les blés sont-ils mûrs,
Bons les raisins?
Voici deux francs, que je vous donne
Non point en tant qu'avance, au seul titre d'aumône.
Et ne revenez plus, que diable, arrangez-vous! »
Je les ai pris, songeant qu'il faisait noir, chez nous.
Les voici. C'est bien peu deux francs, pour tant de honte.
Et Monsieur nous redoit?
Madame, en fin de compte,
En me glissant un pain, a blâmé carrément
Notre amour, qui procrée inconsidérément!

C'est fini! Maintenant la coupe amère est pleine,
Dont s'épandra le fiel aux prochains jours de haine :
Voyez leurs poings tendus, lourds projets hideux.
Et si la Mort, demain, les rappelait tous deux,
Dans un soudain accès de rage égalitaire,
Mis en fosse commune, ils se battraient en terre!

Est-il donc éternel cet affligeant conflit,
Et la faim sera-t-elle à jamais un délit?
Aux pieds du Maître, en vain le Gueux se prostitue :
S'il implore, on l'évince, et s'il prend, on le tue!
Moralement s'entend : D'honneur, on est humain!
Et quand l'un d'eux, vieillard tremblant, nous tend la main,
Quitte envers tous, croit-on, l'on savoure en cachette
Les deux sous de remords honteux qu'on lui rachète.
Et l'on ose élever son cœur vers le ciel bleu,
Se mentant à soi-même et croyant duper Dieu!
Ah! n'exaltez donc plus le progrès, son domaine
Est tout scientifique. Au fond de l'âme humaine,
L'ancêtre, odieux rival du grand ours, gronde et mord,
Défendant l'os qu'il ne peut ronger à la mort :
O folie égoïste, ô charité chrétienne!
Jésus, la loi d'amour était pourtant la tienne.
Que vont prêchant encore, et depuis deux mille ans,
Les trafiqueurs du Saint, complices des milans.
Horreur! C'est à rougir d'être un homme et, vorace,
Le riche est le vivant déshonneur de la race!

« Ami, la rhétorique est un ferment nocif :
Certains traits, dégageant un esprit subversif
Des sentiments moraux, que le devoir inspire,
Peuvent dévoyer l'être et le conduire au pire,

L'instinct dormant d'un œil au fond des cœurs humains. »
J'entends bien.
Donc, tenant ma plume des deux mains,
Dédaigneux du triomphe aux vulgaires panaches,
J'écrirai simplement ce qu'il faut que tu saches,
O Plouton!
Ton dieu n'est qu'un fétiche!
Entends-moi :
Contradicteurs sans fiel, discutons sans émoi,
Veux-tu bien?
Des reflets de ton or tu te grises,
Et, tondant les vaincus au sang, tu thésaurises,
Sourd à leurs cris. Pourquoi?
Ce n'est pas pour leur bien :
Ta part du lion prise, il ne leur resta rien.
Rien, pas même du pain!
Oui, la faim les stimule,
Crois-tu, d'après l'ancienne et cruelle formule.
Dis-moi pourquoi, j'insiste :
As-tu quatre estomacs,
Ruminant, qu'il te faut des richesses en tas?
Non point. Tu n'en as qu'un. Encor est-il débile?
C'est le traiter fort mal que d'agiter ta bile.
Peut-être, es-tu Prodige, et ton désir charnel,
Servi par un organe, à toi bien personnel,

Ressent-il le besoin de chambrer dix maîtresses,
Renouvelant l'influx du moteur des ivresses?
Crains ces excès : Ils font d'un jeune homme un barbon,
Un sadique, insulteur de l'honnête et du bon,
A qui chacun devrait, les prenant en défense,
Administrer l'affront que mérite une offense!
Pas davantage?
Alors, aurais-tu tant d'enfants,
Que tu veux instaurer au sommet, triomphants,
Les couronnant du droit navrant d'être inutiles?
Mais ces projets sont fous, immoraux et futiles :
Le travail est la loi de l'homme, riche ou gueux.
Qui s'y soustrait devient un servant belliqueux
De molle Oisiveté, dont les conseils nuisibles
Sont les tristes auteurs de tous nos maux visibles.
Et qu'ils riront, tes fils, ouvrant ton coffre-fort,
Dont ils auront enfin le secret, par ta mort.
Car, tu n'espéras point éluder la Camarde?
Rien ne peut détourner son bras, qui nous poignarde
Egalitairement. La Dame, au lit béant,
Choisit, et n'admit pas encor de suppléant.
Dommage!
Un seul enfant? Et tu veux qu'il travaille,
Dis-tu, tout désœuvré n'étant qu'un rien-qui-vaille?
Donc c'est ton orgueil seul qui, de l'Or fait ton dieu?

Tu veux que, te voyant, on s'écrie en tout lieu :
« Ce roi du jour, vivant est déjà légendaire.
Prosternez-vous, ô foule, il est milliardaire! »
Fou quintessencié, c'est là ton point d'honneur?
Quoi! Pouvant être un homme et semer du bonheur,
Chez tous les malheureux, dont t'escorta l'envie,
En assurant leur pain, sur quoi fleurit la vie,
Tu te fais homuncule et, de ton or épris,
Rival des Négritos, adorant leur gris-gris?
Ton égoïsme aura condamné ta fortune!
Réfléchis, prends conseil de la fée Opportune :
C'est tenter Satanas que poser les Plutus.
Et qui joue au César doit redouter Brutus,
Tyran vindicatif des grands jours de colère!
Or, nous courons vers eux d'un pas qui s'accélère,
Car ils sont indignés de voir leur dénûment
Traité par le mépris, comme un vice infamant!
Car il est révoltant de songer qu'un brave homme,
Le collaborateur qui te fait être, en somme,
Ton Or, non fécondé par lui, ne valant rien,
N'a le droit de manger que si tu le veux bien.
Et qu'il est condamné, toi seul étant le Maître,
A devenir ce que vous lui reprochez d'être :
Une brute impulsive, un profane illettré,
S'inspirant au ressac d'un moral délabré,

Quand il ne peut avoir, ici-bas, d'autre joie
Que le labeur, qui mine, et l'alcool, qui dévoie!
Certes, il peut prétendre à l'amour douloureux,
Te devant d'élever de futurs malheureux,
Qui, plus tard, renvoyés de Pilate à Caïphe,
Hériteront de lui son rocher de Sysiphe!
Ah! bénis la simplesse ou la brutalité
Qui le font procréer dans la vassalité,
Car, s'il voyait ses fils pleurer de sa souffrance,
Avec lui s'éteindrait la grandeur de la France!
Est-ce le résultat final que vous cherchez,
Vous tous, sots négateurs du Dieu que vous prêchez?

Mais, cependant qu'il geint, on jouit dans Capoue,
Où leur pain d'une année, en un instant se joue.
Où la Vénus impure absorbe en vain encens,
Plus d'or qu'il n'en faudrait pour exempter du Cens
Et doter d'un foyer riant ceux qui gémissent.
On jouit. Et les sens de volupté frémissent.
Nul n'y songe au festin fameux de Balthazar :
L'amour s'y tarifant, ainsi qu'en un bazar,
Il fleurit des baisers sur tant de bouches roses.
A quoi bon s'attrister par des pensers moroses :
La Révolution n'est pas pour aujourd'hui?
D'ailleurs, la mitrailleuse est un très ferme appui,

Dont ne disposait point le bon roi Louis seize?
Oublieux! Evoquant la volonté française,
Dont l'effort inouï vous sauva corps et bien,
Pour l'honneur national, qui ne leur donna rien,
Souvenez-vous, plutôt, et bâtissez son temple
A Pauper, éternel martyr du bon exemple!
Et, comme il fut sublime, affrontant le trépas,
Au nom de droits sacrés, dont il ne jouit pas,
Il faut, sublime encor, qu'il renonce au bien-être
Familial et simple, afin de vous permettre
De vivre aux soubresauts de l'instinct déchaîné,
Prouvant que l'Or, à nul, n'a jamais rien donné!

O Rêve! La richesse au labeur alliée,
Dans l'humanité sage et réconciliée!
La fin des prospecteurs du meurtre avilissant,
Et l'esprit de justice, en nous tous fleurissant
Son thyrse, dont l'arome est mortel à l'envie.
Le malheur, qui nous guette aux portes de la vie,
Prouvant l'égalité des vainqueurs et vaincus,
O Rapace, a flétri l'erreur dont tu vécus :
Si le droit d'affamer vous est acquis pour vivre,
Meure la liberté! Non, l'homme n'est pas libre!
Oh! quels dits inspirés, qui te soient inconnus,
Te convaincront? Mais quels tours de phrase ingénus

Sauront te libérer de ton insouciance,
T'enfermant seul à seule avec ta conscience,
Durant une heure, ô toi, qui, sanglé dans l'orgueil
Qui te fait t'isoler du baptême au cercueil,
Ne vois les malheureux, dont ta force est leur nombre,
Que pour les enrôler, quand ton ciel devient sombre?
Oh! celui dont le cœur, temple immense, est ouvert,
Qui veut qu'on souffre moins, parce qu'il a souffert,
Et qui s'oublie en tous, sans compter se dépense,
Qu'il vive de la joie, autant qu'il en dispense
Au chevet des vaincus, blessés qu'il secourut.
Et qu'il ait, puisqu'il fallait aussi qu'il mourût,
Pour y dormir sa mort, un oreiller de roses,
Quand ses yeux se cloront à la laideur des choses!
Tu ris?
Argumentons. C'est plutôt de saison :
Ne prétends-tu pas être à l'âge de raison?
Donc, il faut, partageant joie et peine en ce monde,
Que, sur les droits de tous, le Droit au pain se fonde.
Ton scepticisme aidant, il n'est plus guère admis
Que le pauvre, escomptant le ciel, à lui promis,
Doive, de sa naissance à sa fin, trop tardive,
S'abreuver de misère. Il faut aussi qu'il vive,
Sinon pour éclipser le luxe étourdissant,
Qui t'induit à te croire un surhomme en naissant,

Du moins, pour savourer le bonheur raisonnable
D'être, et d'âme et de corps, un homme convenable.
Tu lui dois bien cela.

Le mal naît des excès :
Tu meurs d'avoir trop, lui, de n'avoir pas assez.
Or, ces excès trop grands tendant à l'équilibre,
Réalisez-les donc. Qui naquit riche est libre.
L'élite a pour devoir d'éclairer le chemin :
Ton déplorable exemple est un guide inhumain.
Le rêve est insensé de conquérir Golconde :
Quelque chose vaut mieux que tout l'or de ce monde,
Et c'est le sentiment du devoir accompli.
Suspends-donc le combat. Fais un savant repli
Devant les syndicats et leur fédéralisme,
Apaisant le conflit par ton libéralisme.
Que non point?

T'abritant du pronom possessif,
Tu veux éterniser ton régime oppressif?
Du serein Idéal, nous chutons dans l'opprobre :
Le riche a le devoir de protéger le pauvre,
Lui délivrant à vue un permis de manger :
Qu'il se meure de faim, tu cours pareil danger?
Ou le pauvre a le droit, son instinct en révolte,
De prélever son pain chez celui qui récolte!

Tu bondis? Hibernant, sortant de sa torpeur,
Qu'effraya le soleil, la clarté te fait peur?
— Mon bien! vas-tu plaider, oubliant la logique :
Respectas-tu le sien, dans le conflit tragique?
Le dilemme est cruel, mais s'impose aujourd'hui :
Ta fortune est à toi, mais sa vie est à lui.
Or, la vie est de droit divin, non la richesse.
Allons, vieux Mandarin, montre-nous ta sagesse :
Tout bienfait constitue un trésor personnel.
Deviens juste et Démos te sera fraternel!

Invocation

Es-tu donc à jamais de la terre exilée,
Justice?
Oh! reviens-nous, Jésus de Galilée,
Christ, rigoureux au riche, envers les gueux charmant :
Descendant de ta croix et de ses bras t'armant,
Sois terrible et chassons les mercantis du Temple!
Pour convaincre un sceptique, il faut prêcher d'exemple.
Où est-il donc le Prêtre inspiré qui, pieds nus,
Réalisant tes vœux saintement ingénus,
Bravant des faux dévots l'injure et les sarcasmes,
Clamera, salué de nos enthousiasmes :

« Au pauvre le trésor au nom du pauvre accru! »
Ils ne te croiront point, pas plus qu'ils ne t'ont cru,
Si tu vas leur disant encor des paraboles.
Mais, frappant leur esprit par d'éclatants symboles,
Prouve à tous que le bien comptant seul, ici-bas,
C'est par lui qu'on atteint Dieu, qui ne se vend pas!

TABLE DES MATIÈRES

Pages

Pages

A. Destout aîné, 8, rue Paul-Bert, Bordeaux.

www.ingramcontent.com/pod-product-compliance
Ingram Content Group UK Ltd.
Pitfield, Milton Keynes, MK11 3LW, UK
UKHW021107290826
14628UKWH00014B/893

9 782329 044941